PEUPLER LA COLLINE

DU MÊME AUTEUR

Mollusque, Le Serpent à Plumes, 2019

Frères Soleil, Le Passage, 2020

www.lepassage-editions.fr

Te nommer, c'est faire briller la présence
d'un être antérieur à ta disparition.

Jacques Roubaud, *Quelque chose noir*

Croire au vertige. À l'obsession. S'enivrer des parfums anciens. Des quelques rires qui subsistent. Rien que des éclats qui bourdonnent dans ses oreilles. De simples vestiges. La mémoire éclatée. La peau oubliée. L'homme regarde la photo qu'il vient de sortir de sa poche. C'est le portrait d'un enfant. Est-ce vraiment lui qu'il cherche ? Il ne sait plus. Il a couru après le vide et le manque d'informations si longtemps. S'échapper, fuir l'ennemi et se retrouver au bord du précipice. Il n'y a pas de solution. Aucune direction à prendre. Il suffit de se pencher sur le choix le plus honorable. Affronter ses peurs ou sauter.

Il avance.

Il n'y a aucun bruit. Seules ses semelles s'appliquent à rompre le silence. Sous son poids, les branches mortes craquent, les gravillons roulent et s'enfoncent dans la terre. L'homme sait qu'il n'est pas loin. Depuis toutes ces années, il a appris à écouter son instinct, à éviter les mauvaises pistes. À faire taire les mauvaises langues.

C'est ici.

Il traverse les buissons. Les épines s'accrochent au tissu de sa veste puis le déchirent. Elles s'acharnent. Décidées à faire barrage. À ne pas rendre le chemin facile. Elles s'en prennent à lui, à sa chair qui se met à saigner. Il ne recule pas. Malgré l'épaisseur des broussailles, l'homme s'affranchit des ronces, progresse sans se soucier des éraflures. La douleur, ce sera pour une autre fois.

Pourquoi ?

Le lieu est beau. Grande clairière. Champ de plantes sauvages qui se découvrent à l'horizon et se balancent au vent. Un hymne à la liberté. À la sacralité. À la douceur. Cela le rassure. Comme un cocon, le ventre d'une mère. Il faudrait y dormir, s'y blottir, y vivre aussi. Tout est jaune, d'un jaune pâle qui perdure, même les brindilles. Même le soleil qui, plus haut, se tait, ne brûle pas parce qu'il a tout vu. Connaissant le début et la fin. La force des sentiments qui ont bouleversé l'enfant. La terreur, les matins et le manque d'amour. La pluie sur le visage et les peines nocturnes.

Il était là.

Il y a la cabane au loin. Un abri de fortune.

Quelques pas pour la rejoindre. La porte est cassée. Des tuiles sont tombées. Partout les ruines. La désolation d'un lieu qui n'est plus habité… Un cri de désespoir. Que croyait-il ? Pouvoir tout prendre. Rattraper le temps perdu, les années passées. Ignorer les dieux et la mascarade des hommes.

Mourir.

Pendant le voyage, il a imaginé cent fois la sensation. Le doute. Et si c'étaient des retrouvailles ? Il n'y aurait jamais eu d'adieux. Il lui aurait d'abord touché les joues d'un simple geste de la main avant de l'enlacer, de ne plus le lâcher. Il aurait mesuré la largeur de ses épaules. Peut-être était-il plus grand que lui. Un corps musclé qu'il ne reconnaîtrait pas. Une silhouette étrangère à toutes les idées qu'il s'était faites de lui depuis son absence car, la dernière fois qu'il lui avait attrapé les mains, il le soulevait dans les airs, il lui en faisait voir de toutes les couleurs, le balançant de gauche à droite, de droite à gauche pour lui faire tourner la tête, le faire basculer, c'est le rôle du grand frère. Agiter les corps dociles, célébrer le tourbillon. Fêter l'immensité de l'enfance dans un jeu qui n'en finit pas.

Son rire…

La voix a disparu. Ce ne sont que des échos. Frêles et inquiétants. Il voudrait l'appeler par son nom. Lui demander de se montrer. Mais il sait déjà. Il ne reste plus rien. Derrière la cabane, il y a un chemin. L'enfant effacé, livide, court, lui montre du doigt la direction. La vision semble belle. Une silhouette trouble, des pas légers avant l'ineffable prêt à apparaître. Reviens ! Le garçon part, rit, s'amuse…

Puis le silence.

Des talus de terre. Au nombre de cinq. Des croix dessus. Qu'avait-il voulu garder en mémoire ? Que savait-il du désespoir ? Cinq tombes devant lui comme des monuments inclassables. Et la couverture plus loin qu'il faut soulever. Pour trouver, dissimulés, les ossements broyés d'un enfant de douze ans.

HUIT ANS (L'ÉCOLE)

Romain observait la crotte de nez collée au bout de son index. Il ne comprenait pas d'où venait le plaisir qu'il ressentait ni pour quelle raison il était fier d'avoir recueilli cette chose singulière du fond de sa narine mais il l'admirait, elle était assez grosse, alors il se mit à la faire rouler entre ses doigts. Assis à sa gauche, Frédéric, lui, regardait avec passion Mme Drumont. Chaque fois que l'institutrice tournait la tête d'un côté ou de l'autre, vers la classe ou en direction du tableau, ses boucles d'oreilles en forme de perroquets rouges se soulevaient, ce qui donnait l'impression que les oiseaux allaient bientôt s'envoler. Ce balancement incessant rappelait à Frédéric ses dernières vacances à Fréjus. À la fin du mois d'août, il s'était arrêté un instant avec son grand-père devant un restaurant du centre-ville. Sur le trottoir, pour attirer la clientèle, une grande cage présentait l'attraction des lieux, Coco, un ara bleu et jaune à l'allure carencée qui subissait à longueur de journée les assauts des badauds. Si la pauvre bête ne s'arrachait pas les plumes de la queue, elle répétait les mêmes idioties qu'on lui soufflait depuis des années : les cocos, coucous, cocos, coucous... Manège absurde qui amusait beaucoup la galerie, surtout lorsque dans un élan de fureur ou peut-être parce qu'une tête ne lui revenait pas, l'animal lançait subitement des « Oh le con ! Oh le con ! » au dernier idiot qui s'était approché de sa cage.

De retour au domicile de son grand-père chez lequel il passait tous ses étés, Frédéric n'avait pas manqué d'enregistrer à son tour la fameuse expression du restaurant. Pendant que le vieil homme écoutait les informations confortablement installé dans son fauteuil, le garçon s'était soudain mis à commenter l'actualité par des « Oh le con ! » intempestifs – un bien *vilain* mot lui avait expliqué son grand-père qui regrettait déjà de l'avoir emmené saluer le perroquet –, ce qui au bout du compte lui avait valu de recevoir une bonne paire de claques et un : « Ne répète plus jamais ça devant moi ou tu vas voir ce que tu vas voir ! » parce que dans la bouche d'un enfant la formule perdait tout son charme. Il n'y avait que Coco qui restait en droit de l'utiliser à sa guise. Derrière les barreaux de sa cage, l'animal conservait au moins le privilège d'insulter le monde entier.

Au premier rang où la maîtresse l'avait placé sans son accord, face au tableau où l'on positionne les cancres et les timides, les binoclards et les bavards, Frédéric sentait qu'il appartenait à cette catégorie d'élèves que l'on désigne du doigt. Dans son dos, vingt-cinq paires d'yeux l'observaient en permanence. Il lui était impossible d'ignorer les murmures provenant du fond de la classe, les ricanements, toute l'agitation collective à laquelle il n'avait plus le droit de participer car, s'il se retournait une fois de plus, l'avait prévenu Mme Drumont le jour de la rentrée en ôtant ses lunettes pour montrer qu'elle ne plaisantait pas, la sanction serait sévère. Elle n'avait pas que lui à surveiller. S'il avait tant envie que ça de s'exprimer, il fallait qu'il attende la récréation.

Attendre.

Cela paraissait facile.

Se ranger deux par deux dans les couloirs. Se taire. Donner la main à son camarade. Se taire. Encore. Toujours. Attendre que la porte s'ouvre. Avancer en silence. S'asseoir. Sortir les affaires du cartable sans faire de bruit.

Trousse. Cahier de leçons. Cahier d'exercices. Cahier de brouillon. Ardoise. Feutre effaçable…

« Les enfants, combien font 8 × 4 ? »

« Écrivez le mot hérisson sans oublier la lettre muette… »

De temps en temps, lever le doigt. Attendre… Qui sera choisi ?

« Moi, moi, moi ! Chut… Tais-toi, sale fayot. »

Attendre le son de la cloche. Le bruit autorisé.

Dring.

Joie diffuse. En moins d'une seconde, en l'air les trousses, le double décimètre et les gommes.

Les jambes s'affolent. Les visages irradient. C'est l'urgence du jeu. Rejoindre vite le préau avant les autres, sortir vite les cartes de foot des poches, les billes, les élastiques… Vite vite vite. La vie reprend et ne dure pas. Adieu les fleuves et l'arithmétique bien ennuyeuse, les dictées préparées, les titres soulignés en rouge, en vert, en noir, en jaune fluo… Trente minutes dans la cour. Folle effervescence. Crier, courir, sauter, s'échanger des bonbons, se bagarrer, s'affronter, s'épauler, marcher le long de la grille, faire demi-tour, se raconter des secrets, inventer des histoires, recréer le monde dans l'instant d'une liberté solide mais provisoire.

Avant de tout recommencer.

Agitant ses perroquets, Mme Drumont faisait de grands traits sur le tableau. Elle avait décidé de leur parler du Rhône, le fleuve à apprivoiser. L'eau proche qui séparait la ville de Valence de la commune de Saint-Péray. L'est, l'ouest. Ici et là. L'amont, l'aval. Quelque chose de schématique qui expliquait aux enfants la géographie de leur région. Un cercle vert représentait à gauche les montagnes ardéchoises, et une petite croix rouge à proximité, le château de Crussol. C'était de ce côté que se situait leur école. Sur la droite apparaissait, hachurée à la craie blanche, la plaine valentinoise entourée par la basse vallée de l'Isère au nord et par celle de la Drôme au sud, puis au centre du tableau, telle une frontière irréelle, la longue ligne bleue du Rhône signifiait la puissance du fleuve.

« Imaginez la fonte des eaux depuis les glaciers des massifs suisses, s'extasiait Mme Drumont devant la classe, imaginez l'écoulement vigoureux qui creuse les sillons, produit les méandres, sculpte les paysages à la force du courant. Imaginez cela, mes enfants, les éléments sont bien plus forts que nous. La nature est la plus belle, la plus puissante des organisations. Ici, les affluents rejoignent le fleuve pour lui donner davantage de vigueur. Comme le Mialan qui traverse notre commune pour aller se jeter dans le Rhône. La prochaine fois que vous irez jouer près du cours d'eau, pensez que ce que vous voyez finira un jour ou l'autre dans la mer pour retourner tôt ou tard sur le sommet des montagnes, car tout est relié. Tout sur notre planète a une raison d'être. »

Souvent la vieille femme s'enthousiasmait pour des choses qui paraissaient hors de leur portée, aussi les enfants ne comprenaient pas toujours ce que racontait Mme Drumont. Mais cette distance ne les empêchait pas de la respecter. Depuis le temps qu'elle travaillait à Brémondières, l'institutrice avait vu passer des générations d'élèves. Elle avait vu grandir une bonne partie des habitants de Saint-Péray, retenant le nom de presque chacun. Elle demandait régulièrement des nouvelles d'un tel ou un tel parti vers la capitale ou descendu plus au sud vers le soleil et la mer. Lorsqu'elle se promenait le samedi après-midi sur les trottoirs de son quartier, avec son chignon impeccable et ses tenues extravagantes dans des tons jaune poussin ou bleu électrique, portant un sac de légumes d'une main et son vieux teckel Jasper de l'autre, on venait à coup sûr la saluer et lui dire : « Mme Drumont, ne prenez pas votre retraite, nos enfants ont besoin de vous. » Souriante mais nostalgique, l'institutrice répondait qu'elle finirait par quitter l'école un jour ou l'autre, surtout qu'à son âge la loi l'y obligeait – en outre, il était préférable pour les élèves d'avoir quelqu'un de jeune et dynamique face à eux plutôt qu'un vieux croûton comme elle.

Puis désignant Jasper, elle ajoutait :

« Bientôt je serai comme lui, et croyez-moi, il n'y aura personne pour me porter dans les bras. »

À la rentrée de septembre, dès le premier jour de classe,

elle avait annoncé de manière officielle que ce serait la dernière année qu'elle enseignerait.

Un homme d'une vingtaine d'années l'accompagnait ce jour-là.

C'était un grand brun, très maigre et timide, qui s'était dirigé vers le fond de la salle. Avant de s'asseoir, il avait retiré sa veste sans piper mot, l'avait posée sur ses genoux, attendant patiemment d'être présenté à la classe. Mais déjà les enfants avaient compris de qui il s'agissait.

« Voici mon remplaçant, avait dit au bout de quelques minutes Mme Drumont, invitant le jeune homme à la rejoindre au tableau. Votre futur maître donc, monsieur Antoine Cauchon… »

Parmi les rangées du fond un cri animal s'était aussitôt fait entendre.

Un *groin-groin* si bien imité qu'en moins d'une seconde ç'avait été l'hilarité générale.

Impassible, Mme Drumont qui en avait vu d'autres avait attendu le retour au calme. Sans hausser le ton, elle avait ordonné au jeune Frédéric Martel de rassembler ses affaires pour venir s'installer au premier rang. Là, juste devant son bureau.

Elle avait fait un geste de la main.

« D'ici, avait-elle précisé à l'enfant, je t'entendrai mieux. »

De son côté, l'apprenti instituteur visiblement habitué à ce genre d'anicroches à propos de son patronyme n'avait fait semblant de rien. Après l'intervention de Mme Drumont pour punir l'insolent, il s'était retourné vers le tableau pour y inscrire à la craie, en lettres capitales : « CAUCHON ».

Personne cette fois n'avait osé ouvrir la bouche. Pas de *groin-groin* entre les rangs… Dans un coin de la pièce, telle une sentinelle, Mme Drumont, les bras croisés, les lunettes bien en place, y avait veillé personnellement.

« En Normandie, avait commencé par expliquer le jeune homme à ses futurs élèves, le *cauchon* est le marchand de chaussons… »

Le stagiaire avait pointé son doigt en direction de ses pieds pour montrer de quoi il parlait.

« Ainsi, avait-il ajouté d'une voix nasillarde, rien à voir avec l'animal auquel vous pensez… Lequel d'ailleurs s'écrit avec un o. »

Une fois les présentations faites, la fiche « profession des parents » remplie, le programme de l'année annoncé, les prénoms des élèves affichés au-dessus des patères à l'entrée de la salle de classe, les premiers devoirs donnés pour le lendemain – déjà une lecture de poème et une rédaction –, on avait abordé le sujet le plus intéressant en cette rentrée scolaire, autrement dit le spectacle de fin d'année. C'était pour Brémondières un véritable jour de fête, non seulement parce que les festivités annonçaient le début des grandes vacances mais aussi parce que Mme Drumont, nommée organisatrice en chef, ne manquait jamais d'idées pour les costumes.

« On va être déguisés en quoi cette année ? » lui avait demandé la petite Léa Luis-Martinez, tout excitée.

Impatiente de connaître la réponse, la fillette accoudée à sa table s'était mise à caresser ses longues nattes brunes que retenaient deux élastiques en forme de cœur.

« Vous verrez en temps voulu, s'était contentée de répondre Mme Drumont. Il est encore trop tôt pour évoquer ce genre de détails.

– Allez, allez maîtresse, dites-nous, s'il vous plaîîît ! avait repris en chœur la classe.

– Non, non, les choses sérieuses d'abord… Pour le reste, on verra plus tard. »

Mais les enfants avaient insisté.

« En cosmonautes ?

– Non, j'ai dit.

– En dinosaures ?

– Non.

– En Playmobil ?

– Quelle idée !

– En chevaliers ?

– Humm…

– En crottes de nez !

– Martin, veux-tu que je te change de place, toi aussi ?! »

La réflexion de Martin Robert, au troisième rang, deuxième table à gauche en partant du chauffage, n'avait pas été anodine. Elle visait un élève en particulier et tous, même la maîtresse, avaient compris de qui il s'agissait. Au sein de Brémondières, la réputation de *Crotte-de-nez* n'était plus à faire. Parce qu'il passait le plus clair de son temps les doigts fourrés dans les narines, Romain Poittevin avait le droit à ce surnom idiot depuis le cours préparatoire. Quoi qu'il en soit, il semblait que le garçon en question se fichait de ce que pensaient les autres, il ne se préoccupait de rien. Pendant la récréation, il restait assis de longues minutes à l'écart de ses camarades, seul sur le muret en béton séparant la cour du terrain de sport, probablement perdu dans des pensées qui ne regardaient que lui. Ce qui se passait autour de lui ne l'intéressait pas. Au diable les jeux, les enfants surexcités et les paroles bruyantes. Au diable l'agitation devant lui. Rien ne troublait Romain Poittevin. Raison pour laquelle les autres élèves avaient fini par le laisser plus ou moins tranquille. Bien que de temps en temps, par hardiesse ou parce qu'ils s'ennuyaient, des CM2, *les grands de Brémondières*, venaient tester sa résistance. C'était à qui trouvait la pire insulte, tête de rat, tête de gland, fils de porc… Or, *Crotte-de-nez* ne leur répondait jamais. Au contraire, il riait avec eux comme s'il s'agissait de se moquer de quelqu'un d'autre, d'un étranger, d'un absent, d'un inconnu auquel il ne ressemblait pas. Les mots glissaient sur lui sans le moindre impact. Alors parfois, parce que c'était énervant ce manque de réaction, les poings se levaient, menaçants. On pensait qu'avec la douleur *Crotte-de-nez* finirait par dire quelque chose. La violence et les coups, ultime provocation puisque le reste ne marchait pas. Pourtant, on se retenait. Au fond, on redoutait les représailles, sa révolte muette, son regard mal placé, sa noirceur dissimulée sous la chair épaisse de son ventre et de ses bras. Même s'il ne se plaignait jamais, on se méfiait de l'enfant. De sa silhouette massive et de sa colère silencieuse. Par instinct, les autres avaient compris qu'il y avait des limites à ne jamais franchir.

Après tout, on ne se bat pas avec n'importe qui. Et sûrement pas avec Romain Poittevin.

JOUR DE PLUIE
(LA MAISON)

Réminiscence à la lueur d'une lampe de bureau. La tête penchée au-dessus du vieil album photo déjà parcouru plus de mille fois, le frère s'obstine à tourner les pages ou à revenir en arrière. La solution se trouverait selon lui sous la fine pellicule de plastique protégeant l'enfance du temps et de l'usure. Sous chaque cliché ont été inscrits à la main au feutre noir, pour ne pas les oublier, les dates et les lieux importants. Devant ses yeux défilent les baignades à Pont-en-Royans, les fêtes d'anniversaire et les réveillons de Noël, les bougies, les cadeaux, les sourires, le père et la mère insouciants, inséparables, toujours collés l'un à l'autre, la vie de famille, la maison, le chat Hector, les silhouettes des grands-mères étonnées dans leur large tablier de cuisine, la gueule peu commode des grands-pères fixant incrédules, les poings sur la table, l'objectif. Plus loin, les coupes au bol des enfants, les téléviseurs d'une autre époque, les balades le dimanche à Die, à Crest, à Montélimar…

Le frère cherche dans les regards un indice, la preuve que tout serait bouleversé.

Au milieu du salon, la famille pose pour la photo, sauf la mère qui s'échappe, elle n'aime pas voir son reflet. Inutile portrait, prétexte-t-elle juste avant l'heure du souper.

« Voyons Michel, prends plutôt les enfants… Moi, je ne suis pas belle… »

Le père lui répond :

« T'es belle comme le vent. »

Et le jeu continue.

« Ne dis pas n'importe quoi.

– T'es belle, viens… Les enfants, dites à votre mère de venir.

– Maman, maman !

– Pfff… Tu m'énerves, Michel.

– Allez, le petit oiseau va sortir !… Voilà.

– T'es content ? »

Le père heureux se moque gentiment d'elle. Il prend une photo. Il embrasse sa femme sur la joue.

« Emma, Emma, Emmanuelle, ma belle, que va-t-on faire de toi ? »

Bouleversante, elle danse dans sa robe blanche. Les souvenirs sont nappés d'un voile léger.

« Allez ouste, les enfants ! Sortez-moi de là… »

Lui et son jeune frère se mêlent aux jambes.

« Maman, maman, on a faim… On mange quoi ?

– Rien, rien… Vous allez manger vos dents…

– Ah ! Ah !… Et ce soir, on va au Lion d'Or ! »

Joie presque parfaite. Ils ne se doutaient pas que les jours à venir n'auraient plus la même saveur, que l'image du bonheur affichée sur le papier en mat ou en brillant se dissoudrait avec une telle facilité, qu'il suffirait d'un claquement de doigts pour tout faire disparaître.

Avant, on pouvait compter jusqu'à trois enfants sous la pellicule de plastique. Manque désormais le frangin, le frérot, le dernier de la fratrie, parti si jeune que l'adulte pense qu'il ne l'a pas connu, ou si peu.

Dans le couloir de l'appartement, il y a fort longtemps, il a suivi ses premiers pas.

L'être bancal, petit bout d'homme, déambulait sur le carrelage en couche-culotte avec ses bimbadaboum, ses chutes, ses embrassades, ses paroles baveuses, ses syllabes balbutiées pour appeler *ma-ma*, la mère, pour capter l'attention, s'approprier le monde, le mettre à sa portée.

Lui si petit, si fragile. Et le reste immense.

« Tu crois que c'est normal que… ? » s'inquiétaient les parents.

Une autre photo se distingue, presque floue, beaucoup trop claire. La salle blanche en est la cause, le bandage sur le front aussi. L'enfant bancal sourit de travers. Ses yeux ont pleuré, ils sont brillants mais on le prévient que c'est l'heure de se montrer fort. Le chagrin bientôt sera passé. À cinq ans, petit bout d'homme, on est un grand garçon… à six ans peut-être…

Personne n'a pensé à identifier l'événement. Aucune date au feutre noir.

Aurait-il fallu oublier ce jour ? La photo est disposée au hasard parmi les tendres évocations. Elle est là parce que tout le désignait lui.

Et ensuite ?

Il est resté sa cicatrice, l'entaille profonde sur le front.

Pas de quoi être défiguré à vie. À peine de quoi bouleverser la mère persuadée que tout était fichu. Son bel enfant s'était blessé, et pour son plus grand malheur, elle n'avait pas été là pour le secourir, pour tomber à sa place, pour le relever, le prendre dans ses bras, lui dire : « Mon bébé, ne pleure pas… Les chagrins, ça s'oublie. »

Elle n'avait pas été là non plus, plus tard, pour le recoudre, encore aurait-il fallu avoir les compétences mais au moins elle lui aurait tenu la main lors de la réparation avec l'aiguille, lui assurant que tout irait bien. « Maman est là, le gentil docteur s'occupe de toi. Ne pleure pas. »

L'enfant pose, cinq ou six ans, avec son bandeau sur le front. On aurait dit qu'il avait fait la guerre. On lui demande d'être fier.

« Souris, le petit oiseau… »

Ce n'est indiqué nulle part, il pleuvait ce jour-là. Voilà la cause. La pluie légère, le ciel pas tout à fait bleu, l'étonnement.

L'enfant, un temps plus tôt, crapahute, le père le devance avec des paquets sur les bras. Le grand frère les suit. La sœur est restée chez une amie. Ils sont seuls, les trois hommes de la famille, trois gaillards qui se dirigent insouciants vers l'immeuble. Ils retournent à l'appartement après avoir fait quelques achats, ou autre chose, le motif de sortie s'est inexorablement effacé des mémoires, comme un moment inutile – mécanique des gestes quotidiens qu'on ne retient jamais.

Mais pas la pluie.

L'enfant bancal s'avance, lève la tête, ouvre la bouche. Il tente de piéger les gouttelettes. Le jeu l'amuse. Manger la pluie.

« Regarde devant toi », lui dit-on.

Le ciel au-dessus.

Le gamin paraît bizarre.

« On dit boire, en l'occurrence… Boire la pluie. C'est de l'eau. »

Il rigole, il y a tant à faire. Jouer avec les éléments. Ne pas écouter les mots. Avoir le tournis. Chaque goutte reçue sur les dents est pour lui une victoire… Il pourrait en avaler des milliards. Il pourrait…

Jusqu'au choc. Le mur, pas vu. Le petit bout d'homme s'effondre, il ne hurle pas.

Étendu sur le trottoir devant l'entrée de l'immeuble. Inconscient. Le sang sur ses yeux se répand facilement, il s'écoule en un filet rouge vif sur ses tempes.

Ensuite c'est l'hôpital. Ensuite c'est cette photo.

Le frère s'est longtemps dit que s'il le revoyait un jour, la marque sur le front serait la preuve.

Le visage changé mais l'entaille à la même place, à peine camouflée par ses mèches rebelles. Signe particulier. Les blessures, uniques en leur genre, ne se referment pas toujours. Il y aurait sur la peau une différence, un changement de couleur, une démarcation indiquant l'incident passé.

Depuis sa disparition, il a dû beaucoup grandir, peut-être a-t-il rencontré une fille qui lui glisse les mains dans les cheveux, lui demandant, soucieuse et douce, ce qu'il lui est arrivé durant l'enfance. Et probablement est-il tenté de répondre n'importe quoi, d'inventer des aventures différentes de la pluie, de se faire passer pour un amateur de combats clandestins, un dur à cuire auquel aucun mur ne résiste, surtout pas ceux des immeubles. À moins qu'il ne devienne pour lui plaire un bon samaritain défendant la veuve et l'orphelin, quitte à prendre des coups, quitte à subir de violentes déchirures. C'est, déplore-t-il en l'embrassant, le prix à payer pour faire le bien. Il lui raconte à peu près cela à la fille aux mains douces, l'infortune dans une autre langue que la sienne. Et dans un autre pays loin du sien. Parle-t-il chinois, turc, javanais ou roumain ? Vit-il sur une île déserte à mille lieues d'ici ou sur les hautes montagnes de l'Himalaya, ayant perdu tous ses repères, ne sachant plus quelle direction prendre pour revenir sur ses pas et retrouver sa maison, incapable de se souvenir d'où il vient ?

Avec toujours les mêmes interrogations, l'aîné referme l'album photo qu'il laisse en évidence sur son bureau parmi d'autres dossiers qui traînent ici depuis si longtemps et qu'il ne consulte plus.

Il reviendra là le lendemain à la même heure comme il est venu la veille et les années précédentes, cherchant en vain à rassembler les morceaux épars d'un passé illisible.

Lui n'a pas de cicatrice. Rien qui permettrait de le distinguer d'un parfait étranger.

Petit bout d'homme, à cause du temps, ne le reconnaîtrait pas. C'est la raison pour laquelle il garde à disposition les clichés pour preuve et, comme un intraduisible écho, s'entraîne à reproduire pour le frère perdu la voix du père quand il leur répétait à tous les deux, son appareil photo à la main, l'histoire invraisemblable du petit oiseau prêt à sortir de son boîtier.

MME DRUMONT
(LES CHÊNES VERTS)

Mourir ne lui fait pas peur, ce serait même un soulagement. Elle guette dans le noir le moment opportun, se concentre sur les mouvements de son cœur pour qu'il s'arrête enfin de battre. Elle a perçu si souvent les nombreux soubresauts, les torsions effrayantes et les résistances inutiles. Elle a entendu autour d'elle, traversant le couloir, les cris de douleur, la persistance des voix de ces hommes et de ces femmes qui réclamaient en hurlant l'aide d'une mère morte depuis des décennies – leurs appels furieux comme un dernier recours face à l'inéluctable descente aux Enfers pendant les longues minutes, les longues heures, les longues journées que dure l'agonie.

Sept heures. Lydia entre dans la chambre. Habillée, maquillée, coiffée de la même façon que la veille. Tenue verte. Parfum de patchouli. Petite fleur rose en tissu glissée entre les mèches de ses cheveux. C'est une scène identique qui se joue chaque matin, un ballet tendre et mécanique qui ne surprend plus Mme Drumont. Elle sait par avance ce qu'on va lui demander : si elle a bien dormi, si sa couche est souillée, si elle a eu des selles cette nuit. En somme, le dodo, le pipi, le caca. Le matin, Lydia a toujours les mêmes interrogations, c'est le métier qui veut ça. Ce n'est pas sa faute, l'aide-soignante a des fiches à remplir, des cases à cocher, des tracés à réaliser. Alors la jeune femme vérifie que Mme Drumont lui dise la vérité. D'un geste délicat mais assuré, elle retire les draps, défait la protection. Évalue le contenu de la couche. Avant de la prévenir qu'on reviendra la changer quand elle aura les fesses sales.

Dans les premiers temps qui avaient suivi son admission aux Chênes verts, Mme Drumont trouvait la force de se révolter. Elle n'était pas du genre à se laisser faire. Il était hors de question d'être infantilisée de la sorte, d'être traitée comme un simple corps couché dans un lit – un corps qu'il faudrait laver, tourner, retourner, nourrir, torcher, surveiller en permanence… Elle refusait les soins, raillait les prescriptions du médecin, balançait à la figure du personnel les pilules déposées sur la table de chevet, des traitements miracles destinés à faire reculer la maladie, mais des trucs à donner la gerbe, la chiasse et le tournis. Une belle myriade de saloperies, maugréait-elle, à prendre le matin, le midi, le soir en plus du potage et de la compote. Avec fermeté, l'octogénaire exigeait qu'on la laissât se débrouiller seule – nom d'une pipe ! même s'il fallait en crever plus vite, tant pis. Dès qu'on ouvrait la porte de sa chambre, la nouvelle pensionnaire se mettait à aboyer comme un cabot enragé. Elle n'hésitait pas à hurler car, avait-elle remarqué, ici on avait la fâcheuse manie d'appliquer à la lettre les consignes malgré les aléas des jours et les humeurs différentes. De quoi donc se défendre avec clameur, toutes griffes dehors, pour préserver ce qu'il lui restait d'intimité.

Un beau matin, ils avaient proclamé qu'elle ne serait plus capable de se lever seule parce que l'infirmier de nuit l'avait retrouvée à la fin de son tour de surveillance étendue au sol, face contre terre. Depuis, ils avaient osé mettre des barrières autour de son lit. Ils avaient prétendu que c'était pour son bien, uniquement pour cette raison, pour éviter qu'elle se fasse mal. Mais ainsi retenue, Mme Drumont n'y voyait qu'une cage. Tel un animal, avant que la maladie ne l'empêchât de remuer ses lèvres, elle avait choisi de montrer les crocs, tout ce qu'il lui restait de dents.

Elle ne s'était doutée de rien. Les premiers signes étaient apparus des années plus tôt. Elle n'y avait pas prêté attention. Cela avait commencé par de légers picotements au bout des doigts, par une étrange raideur au niveau de la nuque. Des sensations qui ne l'avaient pas affolée pour autant. Manque de magnésium, avait-elle pensé sur le moment. Elle avait fait comme à son habitude. Elle s'était rendue à la pharmacie de son quartier – parce qu'elle détestait les médecins – pour récupérer un bon cocktail de vitamines et d'oligo-éléments, afin de passer la saison d'hiver en toute sérénité. Avec cette liste de compléments alimentaires qu'elle devait ingurgiter plusieurs fois par jour, elle s'était sentie protégée. En dépit de ce traitement, tandis qu'elle buvait un soir une tisane d'ashwagandha, une plante indienne utilisée pour lutter contre l'insomnie, l'anxiété et les troubles nerveux, elle s'était brusquement mise à trembler, si bien que la tasse qu'elle tenait entre ses mains avait fini brisée sur le carrelage de la cuisine. Voulant se baisser pour réparer sa bêtise, elle s'était rendu compte que son corps entier, soudain raide comme la pierre, ne lui obéissait plus. Avec beaucoup de persévérance, malgré les douleurs, elle avait réussi à se déplacer jusqu'au téléphone pour prévenir SOS Médecins.

Voilà ma punition, s'était dit Mme Drumont. Le châtiment qui avait tant tardé à se manifester.

Dans la chambre où elle est condamnée à attendre la fin des temps, elle observe le plafond, les taches lumineuses qui dansent de façon aléatoire en traversant le rideau de tulle. Ce sont de merveilleuses étincelles qui s'agitent en fonction du vent. De jolis filaments d'or apparaissant sur les murs d'une pièce qu'elle connaît maintenant par cœur.

Au fil des mois, les visages détestables sont devenus familiers. Ils comblent le manque, remplacent la vie perdue. La vieille femme répond par oui ou par non à Lydia. Ensemble, pendant les heures creuses, elles ont pris le temps d'évoquer le métier, les enfants sur les bancs de l'école, les passions extérieures, les drames, les amours, les premières décennies d'une existence sur le point de se terminer.

« Allez… Il faut se battre ! » l'encourage Lydia en replaçant l'oreiller sous sa tête.

Mme Drumont a accepté la défaite. Elle ne refuse plus les mains qui lui viennent en aide. Si elle y parvient, elle les agrippe, voudrait les retenir pour demander pardon. Des larmes coulent sur ses joues puis roulent sur sa peau sèche, jusque dans son cou. La vieille femme trouve injuste de vivre si longtemps. D'autres avant elle ont eu plus de chance, ils ont perdu la mémoire. Mais elle, elle ne se départit pas de son fardeau. Elle n'a rien oublié – ni son identité ni son passé. Les images sont vives et tranchantes. Elle se remémore chaque détail. Les idées abominables, la perte monstrueuse. Sûrement mérite-t-elle de partir dans une longue et terrible agonie. Paralysée, étouffée sous les draps.

La souffrance et la peur seraient sa rédemption. Si le diable ne l'attend pas.

LES IMPUISSANTS
(L'AUTRE ENDROIT)

Ils vivaient à deux, hébétés, hors du monde, dans l'ignorance des bienséances, et ensemble ils se soutenaient, l'homme et la femme sauvages, duo incivilisé, cherchant dans d'autres remparts d'autres façons d'exister. Ils avaient construit leur cabane, maison de bric et de broc au milieu de nulle part, mais nulle part c'était chez eux. Tout ce qu'ils possédaient, tout ce qu'ils gardaient férocement avec de la crasse sous leurs ongles, c'était leur arche, un effroyable refuge à l'écart de leurs semblables si différents. Pire que des mendiants, ils ne réclamaient pas leur dû. Ils erraient parmi la vermine, parmi les rats des champs, parmi la solitude et le souffle prophétique du vent. Deux êtres identiques qui hurlaient, ivres de liberté, abandonnés après l'enfance parce qu'on ne leur avait pas laissé le choix. À peine savaient-ils lire, à peine savaient-ils employer les mots justes – leurs conversations n'étaient que des bribes imparfaites exprimées sans pudeur, le langage leur manquant comme tant d'autres choses.

La femme souvent posait ses mains sur son ventre. Elle avait vu ses chiennes donner naissance à une multitude d'avortons. De la chair rose sans vie, d'étranges masses noyées dans du liquide clair puis dans un mélange infâme de sang et de terre. Lorsqu'elles mettaient bas, ses deux femelles Hachka et Norka, vieilles bâtardes habituées au goût de la mort, dévoraient leurs rejetons comme de vulgaires bouts de viande qu'on leur aurait jetés à la gueule. Affamées, elles ne laissaient aucune chance aux chiots de la portée qui auraient pu survivre. La peau sur les os, elles empêchaient d'instinct la prolifération, protégeant avec rage leurs mamelles déjà étirées et enflammées. Rouges d'avoir trop nourri, meurtries d'avoir trop donné.

En assistant à ce spectacle désolant, la femme désespérait de pouvoir sauver aucun chiot. Elle avait essayé pourtant, allant jusqu'à retirer les nouveau-nés les plus coriaces d'entre les crocs de leurs mères afin de les réchauffer entre ses seins, persuadée qu'elle serait aussi capable de leur donner le lait nourricier. Durant des heures entières, elle leur chantait comme à des enfants que l'on console des comptines et des berceuses, attendant qu'ils viennent la téter goulûment, mais les petits, plaqués contre ses larges tétons, mouraient d'avoir été ainsi couvés par une femme.

L'homme, lui, ne se souciait guère des sacrifices annuels, portant peu d'intérêt à ce qu'il considérait non pas comme de la cruauté mais comme une régulation naturelle leur permettant de ne pas se retrouver envahis par un nombre incalculable de gueules voraces. La nourriture déjà suffisait à peine à combler le ventre insatiable de ceux qui vivaient sous sa protection. Si le gibier ne manquait pas dans les parages, la chasse lui demandait des efforts importants, entre les kilomètres à parcourir et les pièges qu'il devait sans cesse déplacer parce que, avec le temps, les proies devenaient méfiantes. Dès lors, dès qu'il le pouvait, il se rendait chez le paysan pour récupérer des vivres supplémentaires, l'essentiel surtout, puis des boissons fraîches, des bouteilles d'alcool s'il en restait, des outils, du linge, des vêtements et, selon leurs besoins, des médicaments. Pour rejoindre la plaine, il marchait sept heures durant, le trajet se révélait interminable, la descente était périlleuse, il y avait de quoi se fouler une cheville ou pire se casser une jambe mais c'était leur unique lien avec la civilisation. Dans la maison aux ronces, l'homme retrouvait le paysan, son reflet rude et sauvage, pareil à lui. L'un et l'autre dans leur claustration se comprenaient. Nul besoin de grandes embrassades pour se saluer. Ils s'occupaient à deux et en silence du champ, des bêtes qu'ils devaient surveiller, traire, nourrir et soigner ; après les travaux, l'homme partait réparer le tracteur du paysan, ou sa vieille 2CV qui tombait régulièrement en panne.

Il donnait ainsi, en échange des biens qu'il obtenait, ce qu'il pouvait de ses mains.

Bien avant qu'il ne rejoigne la montagne, du temps où il se mêlait à la foule bruyante, n'ayant pas d'autre choix, on l'avait autorisé à s'installer dans l'atelier de Calvetto – au moins pour y passer la nuit au chaud – parce qu'on s'était dit qu'il faisait vraiment peine à voir. Dans le village, tous s'étaient demandé, l'apercevant, d'où ce gamin pouvait sortir, lui qui n'avait pas l'air d'avoir seize ans. On ne comprenait pas ce qu'il venait faire dans ce coin paumé, avec un sac éventré pour seule compagnie et le visage massacré pour seule identité. Malgré leur interrogatoire qui avait duré tout l'après-midi, les habitants du village qui recevaient l'enfant n'avaient obtenu aucune réponse de sa part, rien de croustillant à se mettre sous la dent. Le gosse avait refusé de leur raconter ce qu'il lui était arrivé. Toujours est-il que pour eux, ce n'était pas un accident. À le voir de plus près, il avait été passé à tabac. Par qui ? Cela demeurait un mystère mais un jour il finirait bien par parler.

Quoi qu'il en soit, sa venue avait été perçue comme une véritable aubaine par certains. Depuis que la jeune génération avait pris l'habitude de déserter les montagnes pour rejoindre les villes, la main-d'œuvre, un peu partout, et surtout à Morinesio, se faisait de plus en plus rare. Le fils Calvetto, propriétaire du seul garage de la région qui n'avait pas encore baissé le rideau de manière définitive, avait accepté de prendre le gosse sous son aile comme on récupérerait un oisillon tombé du nid. Il l'avait logé, nourri, blanchi en vue de le former aux rudiments de la mécanique, et cela sans jamais lui poser la moindre question sur sa famille ou son passé. D'une façon plutôt inattendue, le petit s'était montré incroyablement doué avec les bagnoles, retenant avec une facilité déconcertante tout ce qu'on pouvait lui dire ou lui montrer. Mais très rapidement, le fils Calvetto avait dû se rendre à l'évidence. Quelque chose clochait chez sa jeune recrue. Ce n'était pas son silence qui le dérangeait. Au contraire, le propriétaire du garage appréciait la discrétion au travail. C'était plutôt sa manie de ne jamais regarder les clients en face, de toujours détourner les yeux. Certains dans le village s'en plaignaient auprès de lui, sentant vraisemblablement une menace planer sur eux avec l'arrivée de cet étrange gamin.

« Il a un souci ou quoi l'autre pour pas me regarder quand je lui cause ? lui faisait-on remarquer. Non parce que s'il a un souci, je ne suis pas son père moi au petit, mais je vais lui apprendre les bases de la politesse. »

Le fils Calvetto faisait semblant de ne pas comprendre.

« Aucun souci, répondait-il, prenant la défense de son apprenti. C'est sans doute un mauvais jour pour lui... C'est aussi un grand timide. Ça lui passera avec le temps. »

Raccompagnant ses clients jusqu'à la sortie du garage, Salvatore Calvetto assurait, sourire forcé, que tout allait bien. Et en signe de sa bonne foi, il donnait à chacun une tape amicale dans le dos. On le quittait néanmoins sans le croire tout à fait. Avant de partir, on jetait un dernier coup d'œil en direction de l'atelier. On craignait que la bête tapie dans l'ombre ne surgisse, une clé à molette dans une main, un poignard dans l'autre, parce que ça se voyait comme le nez au milieu de la figure que le garçon n'était pas net. Ce n'était pas normal après avoir été accueilli par tout le village de n'adresser la parole à personne, de refuser le moindre contact, pas un bonjour, ni merde, ni un au revoir.

« J'lui en foutrais une de ces torgnoles, moi, si j'étais son patron, s'exclamait-on en s'éloignant d'un pas vif. Une bonne raclée, ça lui servirait de leçon ! »

À force d'entendre les mêmes reproches à longueur de journée, imaginant sa maigre clientèle se tourner vers les garages de la ville s'il ne réglait pas le problème, Salvatore Calvetto avait décidé de prendre le gamin entre quatre yeux afin de lui faire cracher le morceau. Il était déterminé à comprendre ce qu'il avait pu lui arriver de si terrible pour qu'il se comporte de la sorte avec le reste du monde. Quittant un soir la maison familiale après le dîner, il était descendu à pied jusqu'à l'atelier situé plus bas, à l'entrée du village. Arrivé sur place, à son grand étonnement, il avait trouvé les lieux entièrement plongés dans le noir. Pas une lumière aux fenêtres, pas la moindre petite ampoule allumée. Le gamin, avait-il pensé, avait dû se coucher tôt, vu que ce dernier ne sortait jamais rejoindre les trois ou quatre jeunes qui se réunissaient chaque soir autour de la fontaine pour fumer et vider quelques bières.

Après avoir décroché la lampe torche suspendue à un clou près de la porte d'entrée, le garagiste avait appelé son apprenti.

« Paulo, t'es là ? C'est moi… Salvatore. »

Aucune réponse.

Éclairant le sol devant lui, le fils Calvetto s'était dirigé vers l'atelier. Le faisceau de sa lampe balayait l'ensemble de la pièce. Derrière un ficus desséché que personne n'avait pensé à arroser depuis des mois se trouvait le matelas du gamin. À l'évidence, le jeune Paulo ne dormait pas. Il avait toutefois sorti du grand coffre ses affaires pour la nuit, pris soin de descendre du premier étage l'épaisse couverture en laine que Salvatore lui avait donnée le jour de son arrivée, ainsi qu'un vieux traversin sans taie, entièrement jauni par la sueur.

Ne comprenant pas où le jeune homme avait pu se rendre à cette heure-ci, si ce n'était aux chiottes – encore fallait-il avoir de bons yeux pour se déplacer dans le noir –, le fils Calvetto l'avait de nouveau appelé, criant plus fort pour être certain de se faire entendre :

« Paulo ! Paulo ! »

Sa voix résonnait dans tout l'atelier.

Curieusement, il avait cru percevoir des gémissements du côté des voitures ; des bruits étouffés paraissant provenir de la Lancia que le vieux Maranta avait laissée la veille en réparation.

S'imaginant le pire – dans l'atelier un incident était vite arrivé –, le garagiste s'était précipité vers le véhicule en question. C'est alors qu'il avait découvert, étendu sur le siège avant, côté passager, la tête contre la vitre, le gamin, immobile, aveuglé par la lampe braquée sur lui, qui le regardait fixement d'un air ahuri. Sous l'effet de l'éclairage, son visage lui avait paru déformé, se révélant monstrueux. Salvatore Calvetto n'avait plus osé faire un pas, à peine se permettait-il de respirer. Il comprenait que la scène à laquelle il assistait dissipait à jamais la prétendue innocence de son protégé. Derrière la vitre, en cet instant, Paulo esquissait un large sourire. Nullement troublé par la présence de son patron, le garçon tenait dans sa main droite son sexe en érection. Surpris en train de se masturber dans le véhicule d'un client, il aurait pu tout arrêter, s'empresser de sortir de la voiture, reboutonner son pantalon, bredouiller quelques plates excuses, mais la rencontre ne l'avait en aucun cas coupé dans son élan. Au contraire, dans la Lancia de Nino Maranta, la jeune recrue de Salvatore Calvetto continuait à chercher généreusement son plaisir. Puisqu'on lui avait assuré que ce geste était défendu, que les gens normaux ne s'adonnaient pas à ce genre de pratique, surtout en public – son père le lui avait assez répété avant de le chasser de la maison à coups de poing dans la figure –, l'excitation sous l'interdit était à son comble.

Pendant de longues secondes, une minute peut-être, l'homme et son apprenti s'étaient dévisagés chacun d'un côté de la vitre, l'un porté par son incontrôlable envie d'expulser son foutre tandis que l'autre, tétanisé par une telle confrontation, n'avait guère songé à interrompre le jeu maudit.

Le lendemain, après une nuit sans sommeil, le fils Calvetto s'était rendu à l'atelier avant l'heure habituelle, décidé à flanquer le gosse à la porte s'il n'obtenait de lui des excuses et la promesse de ne plus recommencer avec de telles obscénités.

Or, Paulo avait pris les devants. Après leur rencontre nocturne, il avait rassemblé ses affaires, embarquant même la couverture et, comme il était venu, avait brusquement quitté le village.

Sans un bruit.

Ce qu'il s'était passé dans le garage en cette nuit singulière, personne à Morinesio ne le sut jamais. Surtout pas le vieux Maranta. C'était un secret que le fils Calvetto avait emporté avec lui jusque dans la tombe.

HUIT ANS
(L'ÉCOLE)

Dans la cour, le photographe avait demandé aux élèves de former trois rangées. Les grands derrière. Les moyens au centre. Les petits devant, accroupis, la main droite au sol, l'autre sur le genou gauche. Levant le bras, il avait interpellé Mme Drumont qui discutait avec une collègue. Tout était prêt. Elle pouvait les rejoindre. Pour l'occasion, l'institutrice avait revêtu sa plus belle tenue – une jupe longue dans les tons orangés et un chemisier à fleurs bleues et blanches sur lequel elle avait accroché une plume en coquille de paua dénichée la veille au marché aux puces de Guilherand-Granges. Les élèves avaient également fait un effort vestimentaire. La photo de classe allait bientôt faire le tour des familles, circulant entre les mains des parents et des grands-parents, des oncles et des tantes, des frères et des sœurs, des cousins et des cousines. Chacun heureux de reconnaître le visage familier parmi les autres enfants dont on demanderait par curiosité le nom en faisant glisser son doigt sur le cliché : « C'est qui le petit garçon à côté de toi ? C'est lui ton copain ? Et la fille avec la robe verte, comment elle s'appelle ? Aline Monteil ? Qu'elle est jolie ! C'est ton amoureuse ? Dis donc, tu aurais pu faire l'effort de sourire… Tu ne souris jamais sur les photos. Regardez comme il est beau mon fils ! C'est le plus beau de la classe !… Tu veux dire de l'école ? Oui, de l'école… du monde entier même ! J'espère que tu travailles bien, que tu as de bonnes notes… Tiens, voilà une petite pièce pour toi. Tu t'achèteras ce que tu veux… Des bonbons ou n'importe quoi d'autre. »

Pour une raison qu'il ignorait, Romain Poittevin avait dû s'éloigner de Frédéric Martel, son jeune voisin de classe, pour se placer derrière, parmi les plus grands. Le professionnel, sûr de lui, lui avait fait remarquer qu'il fallait que l'on puisse voir tout le monde. La manœuvre cependant n'avait pas semblé des plus judicieuses. Dissimulé par ses camarades dressés devant lui comme des i, personne ne pouvait deviner que Romain Poittevin portait ce jour-là un joli col roulé en mailles fines et un pantalon en velours beige, tout neuf, qui le serrait trop à la taille. Toujours est-il que sa mère le reconnaîtrait au premier coup d'œil. On apercevrait tout de même le haut de son crâne et une partie de son visage. Le matin, c'était elle qui avait pris soin de coiffer ses longs cheveux bouclés qui lui descendaient jusque dans la nuque et recouvraient ses oreilles décollées. Elle avait aussi raccourci vite fait bien fait d'un coup de ciseaux sa frange. Et avant qu'il ne quitte la maison, elle l'avait aspergé d'eau de Cologne, elle en avait mis partout dans son cou et sur ses vêtements pour qu'il sente bon pour l'école. Romain avait trouvé l'idée ridicule.

« J'suis pas une fille ! » s'était-il insurgé, parvenant à s'échapper d'entre les mains de sa mère en se faufilant, après avoir attrapé son cartable, à travers la porte d'entrée laissée entrouverte.

Dans le corridor de l'immeuble, son frère et sa sœur s'impatientaient. C'était toujours lui qu'on attendait.

« C'est bon, on peut y aller ? » lui avait demandé Charlotte qui, agacée, ne cessait d'appuyer sur le bouton de l'ascenseur.

Tous les matins, les trois enfants avaient l'habitude de faire le trajet ensemble jusqu'à l'école. Thibault, l'aîné, était chargé de veiller sur les deux petits. Il les accompagnait devant le portail de Brémondières, à deux rues de chez eux, puis poursuivait sa route, direction le collège. Lui était en classe de troisième. Plus loin sur le chemin, il retrouvait sa bande de potes devant la terrasse du Père Belette. Certains, pour se donner un air, fumaient une cigarette mentholée qu'ils avaient piquée dans le sac de leur mère, sans dire un mot et sans même se soucier du regard des passants. D'autres discutaient allégrement, de tout, de rien. De la vie. De l'avenir. De ce qu'ils allaient faire après les cours. Chaque fois, la même ritournelle. Ils auraient aimé faire comme les grands, aller tester le nouveau flipper de Chez Marcel en attendant que les parents rentrent du boulot. Cela aurait été cool – la vraie vie, quoi… Ils auraient surtout voulu que l'année se termine vite, à peine avait-elle commencé, pour quitter ce collège à la noix et connaître la liberté. Car dans les bars, à cause de leur âge, ils n'étaient pas les bienvenus. « Barrez-vous les marmots ! » les renvoyait-on dès qu'on apercevait leurs têtes rondouillardes. « Allez vous moucher bande de morveux ! » On se foutait de leur allure juvénile. « Oh les sacs à glu ! Revenez quand vous aurez un poil sur le menton ! ou sur le cul ! En attendant retournez téter vos grosses mères ! » C'étaient toujours les lycéens, en particulier ceux de terminale, qui venaient leur chercher des poux sur la tête. Ils n'appréciaient pas de se retrouver avec des collégiens dans les pattes pendant qu'ils faisaient les coqs devant les bornes de jeux d'arcade. Ça finissait par des histoires. Le plus souvent, Joe, le barman, depuis son comptoir, était obligé d'intervenir. « Allez, zou les mioches ! les chassait-il en agitant son torchon à vaisselle. Rentrez chez vous les jeunots ou j'appelle vos parents. »

Dans la cour de l'école Brémondières, tandis que le photographe s'affairait à ranger son matériel, Romain Poittevin se demandait comment se débarrasser de cette satanée odeur d'eau de Cologne qui lui collait à la peau.

« Tu pues ma grand-mère, lui avait fait remarquer la grande garce d'Anne-Sophie Loubières qui s'était retrouvée à côté de lui pour la photo.

– M'en fiche », lui avait répondu Romain, pile-poil au moment où tout le monde faisait *ouistiti* au monsieur derrière son appareil.

C'était sans doute la première fois qu'il osait lui dire quelque chose. Mais c'est vrai que le parfum le gênait et lui piquait les narines : il ne se voyait pas rester comme ça toute la journée à respirer par la bouche. Il lui fallait trouver un moyen d'effacer l'effluve, de le noyer dans d'autres senteurs moins terribles. Avant de suffoquer. Avant d'étouffer sous des émanations trop fortes de jonquilles et de fleurs d'oranger.

Profitant du chahut provisoire, il prit la décision de s'éloigner un instant du reste du groupe pour se diriger là où on lui avait interdit d'aller sans la surveillance d'un adulte, vers le terrain de jeux. Là-bas, après avoir sauté le muret, aussitôt il se jeta à genoux pour plonger profondément ses mains dans la terre, frottant son visage, frottant son cou afin de tout camoufler avec un mélange d'herbes fraîches et de cailloux. Peu importe la salissure, ne devait rester que l'odeur essentielle, celle de la gadoue. C'était sa victoire, la terre remuée, l'odeur du désordre, sa joie naturelle au milieu du gazon. Il aurait pu demeurer là longtemps encore dans cette position tant le plaisir était grand. Allongé sur le dos à regarder le ciel, tendrement étourdi sur le sol. Mais déjà au loin la cloche sonnait, les autres s'agitaient. Romain entendait Mme Drumont taper dans ses mains, dire comme à des militaires : « Rangez-vous ! Rangez-vous ! » Alors il se redressa puis, après un léger tournis qui le fit trébucher, il se mit à courir en direction de la cour pour rejoindre au plus vite ses camarades qui s'élançaient deux par deux vers le grand escalier.

Mme Drumont n'en revenait pas. Elle examina l'enfant sous toutes les coutures.

« Mon pauvre garçon, se désolait-elle, comment as-tu fait pour te mettre dans un état pareil ? »

En quarante ans de carrière, elle n'avait jamais vu ça. De leur côté, les autres élèves, eux, ne purent s'empêcher de rire en voyant leur camarade se présenter à la porte. Romain en avait de la tête aux pieds.

Crotte-de-nez s'était littéralement roulé dans la boue.

« Si Cauchon te voyait, Romain Cochon ! lança une voix aiguë au fond de la classe.

– Ah non, ça suffit ! s'exclama l'institutrice qui n'était pas d'humeur à plaisanter. Le prochain qui dit un mot, c'est direct au piquet… Et toi, mon pauvre Romain, tu seras gentil, tu vas aller me débarbouiller tout ça aux lavabos, bien comme il le faut, avant de revenir réfléchir à ce que tu as fait contre le mur réservé aux petits ânes… Non mais que va dire ta mère lorsqu'elle va te voir dans cet état ? As-tu vu ton joli pull ?… Et… oh mon Dieu, ton pantalon !… Je ne sais pas comment elle va rattraper tout ça… Tu t'en rends compte au moins mon pauvre garçon ? Ce n'est pas possible à ton âge de ne pas faire attention à tes belles affaires ! »

Avant d'inscrire leur fils à Brémondières, les parents de Romain Poittevin avaient prévenu la directrice ainsi que l'ensemble du corps enseignant que le petit dernier de la famille ne serait pas comme son grand frère Thibault ni comme sa grande sœur Charlotte, lesquels n'avaient jamais posé le moindre problème. Avec Romain, il fallait s'attendre à une situation plus complexe. Rien de dramatique, avaient-ils assuré, l'air convaincu. Simplement il était probable que leur fils ait quelques réactions inhabituelles car, selon leurs dires, Romain était tel un petit poisson qui nageait à contre-courant du monde.

« Oh ! Ne vous inquiétez pas, avaient-ils poursuivi, c'est un garçon loin d'être turbulent… Il est seulement, disons, à part… Peut-être plus lent dans ses gestes, légèrement dans la lune… C'est ça… Il semble dans la lune mais si vous le voyiez à la maison lorsqu'il est avec son grand frère qu'il adore, il lui pose toujours des tas de questions et s'intéresse à des choses qui ne sont pas de son âge, c'en est même étonnant…

– Ah ?… Des choses qui ne sont pas de son âge ? avait répété la directrice intriguée par cette dernière révélation.

– Oui, vous savez… Des sujets censés préoccuper davantage les adultes que les enfants de six ans… Des trucs comme la vie, la mort… Pourquoi on est là… Des questions de ce style… Tenez, Dieu par exemple ! C'est drôle mais depuis tout petit, il s'intéresse aux églises, ça lui plaît beaucoup, c'est une véritable passion. C'est sa grand-mère *Mamie-Jolaine* qui l'emmène à la messe parce que nous, on n'aime pas ça, les prêtres et les églises, et de toute façon on n'aurait pas le temps, on travaille toute la semaine. Mais Romain, lui, est capable de rester des heures assis sur un banc à examiner tout ce qu'il voit. C'est dingue… Croyez-nous, c'est un enfant très sage… Il demande juste une surveillance… disons plus importante par rapport aux autres.

– Dans notre école, avait répondu d'un ton sec la directrice, quelque peu irritée par les nombreuses requêtes des parents d'élèves qu'elle recevait dans son bureau à chaque rentrée scolaire, sachez que nous faisons attention à tous les enfants, quels que soient leur âge et leurs différences…

Mais évidemment, s'il le faut avec Romain, nous redoublerons de vigilance. »

Les deux premières années à Brémondières pour le jeune Poittevin avaient été chaotiques. Avec l'abominable monsieur Peres, le courant assurément ne passait pas. C'était chaque jour punition sur punition, sans oublier les châtiments corporels. L'instituteur abusait de sa règle pour taper sur les doigts de l'enfant.

« Je vais t'apprendre à te curer le nez ! » déclarait-il, les sourcils froncés, la bouche crispée.

Ou, saisissant une mèche de cheveux au niveau de ses tempes, il le secouait et ne s'arrêtait que lorsque son élève se tordait de douleur.

« T'as compris Romain, lui demandait-il, t'arrêtes, hein ?! »

On savait monsieur Peres très dur, capable de faire plier les plus récalcitrants. Il avait déjà remis dans le droit chemin bon nombre d'impertinents, les malmenant par les oreilles, les soulevant par le col, leur donnant de sacrés coups de pied aux fesses pour les faire avancer. Cela faisait partie, se justifiait-il, de son rôle d'éducateur. Un bon instituteur digne de ce nom devait avoir selon ses principes une autorité naturelle et engendrer la peur chez ses élèves. Avec lui, on devait craindre d'oublier un seul mot de sa leçon, on devait redouter de ne pas connaître sur le bout des doigts sa table de multiplication. On devait s'appliquer à écrire parfaitement droit entre les lignes. À se tenir avec élégance au tableau pour réciter à haute et intelligible voix le poème du jour, en y mettant la juste intention :

Il y a des mots qui font vivre
Et ce sont des mots innocents
Le mot chaleur le mot confiance
Amour justice et le mot liberté

« Paul Eluard ! s'exclamait l'instituteur quand il s'agissait d'évoquer son auteur favori. Retenez bien ce qu'il vous dit, “Amour justice et le mot liberté”, parce que la poésie mes enfants fera de vous des gens savants et sensibles, avec un cœur solide. Soyez donc libres, soyez donc justes ! Les deux à la fois… Si vous n'êtes ni l'un ni l'autre, refermez vos cahiers et rentrez chez vous. L'école ne vous aidera pas, et moi non plus par ailleurs… Il y a un temps pour tout, et nous ne sommes pas là pour perdre le nôtre. Nous sommes ici entre les murs de l'école de la République pour apprendre… C'est la plus grande chance qui nous est offerte. Apprendre, mes enfants… Apprendre ! »

De retour en classe, les vêtements toujours aussi crasseux mais le visage quelque peu débarbouillé, Romain Poittevin se dirigea de lui-même vers le coin réservé aux élèves punis. Il se saisit du bonnet, celui avec les deux grandes oreilles en carton, le mit sur la tête avant de s'asseoir sur le tabouret des ânes. À Brémondières, il n'y avait plus que Mme Drumont pour perpétuer une telle tradition. Elle préférait laisser à ses élèves le temps de la réflexion, seuls dans leur coin, même flanqués de cet accoutrement animalier, plutôt que de se mettre en colère en les menaçant avec la grande règle jaune. Aucune nouvelle remarque désobligeante ne se fit entendre. Il faut dire que l'institutrice avait profité de la courte absence de Romain pour faire la leçon à ses camarades, leur expliquant que le prochain qui se moquerait ouvertement de lui finirait aussitôt dans le bureau de la directrice. Son ton comminatoire avait amplement suffi à dissuader l'ensemble de la classe. Aussi les élèves avaient-ils compris que Mme Drumont ressentait beaucoup de peine pour ce « pauvre Romain », comme elle n'avait cessé de le leur répéter, même si au fond ils en ignoraient la raison.

« Vous devriez vous entraider, avait-elle ajouté avant le retour du garçon, au lieu de vous moquer les uns des autres du matin au soir. C'est épuisant pour tout le monde, et ce n'est pas un comportement acceptable… Vous êtes une classe. Vous êtes censés protéger ceux qui en ont le plus besoin… C'est ce qu'on appelle la solidarité. Et la vie en société tout simplement.

– Mais maîtresse, avait fait Anne-Sophie Loubières en levant le doigt à la fin du plaidoyer de Mme Drumont, nous on veut bien l'aider ce pauvre Romain mais il est quand même drôlement bizarre, n'est-ce pas ? »

JOUR DE MARCHE
(LA VILLE)

Son visage se distingue sur des éléments du quotidien. Ses mèches longues et entortillées, ses yeux noirs, ses joues replètes. Sur les briques de lait, c'est un enfant de neuf ans que l'on cherche. Son identité s'affiche parmi d'autres informations. Dans les rayons des supermarchés, à table devant sa tasse de café ou son bol de céréales, Romain Poittevin devient celui que l'on observe avec inquiétude si l'on croise au hasard son tout petit portrait. Est-ce possible ? Se volatiliser sans laisser de trace, s'évanouir dans la nature, devenir invisible ?

Ne plus jamais revenir ?

Le premier samedi de juin, en début d'après-midi, une centaine de personnes attendent devant Brémondières le départ, des bouquets de fleurs à la main. Le choix du blanc est une reconnaissance. Un an après le drame, on soutient la famille avec la même ferveur qu'au premier jour. Les habitants de Saint-Péray et ceux des communes limitrophes n'ont jamais cessé de partager sa peine. Ils souhaitent l'aider à obtenir des réponses pour combler le vide laissé par la disparition du jeune Romain. Certains disent qu'il faudrait savoir, que dans ces cas-là, c'est l'incertitude qui tue. On énonce à voix basse des idées bouleversantes. Elles sont vite tues. On préfère à l'horreur et à la terreur, l'espoir et la vie. On refuse de croire au meurtre. On n'écoute pas le bruit chaotique des rumeurs propagées.

Son cœur bat encore.

L'enfant arpentera bientôt les rues en riant, parce qu'un enfant ça ne meurt pas.

Pour éviter de penser à la folie, on marche en cadence. La foule se serre les coudes. La fraternité, à l'évidence, décuple le courage. Le combat se prolonge. À présent, on ne se laissera plus faire…

« Protégez nos enfants ! » scandent-ils en levant le poing.

Devant eux, il y a les parents. On oserait à peine, par pudeur, leur adresser la parole. Que faudrait-il leur dire ? Ces gens-là se lèvent chaque matin en comptant les jours qui les séparent de leur enfant, celui qui apparaît désormais sur les briques de lait.

Les jours. Ils comptent les jours puisqu'ils ignorent la distance et le lieu.

La mère en première ligne porte une pancarte. Elle cherche son fils. Ses yeux à elle sont rouges. Elle a beaucoup pleuré pendant les trois cent soixante-cinq nuits précédentes. Elle aimerait se réveiller un matin, comblée par une présence. Ce serait un jour serein, un jour sans peine. Un jour où elle entendrait la voix inespérée. Trois cent soixante-cinq matins qu'elle pense à la chair de sa chair. Elle voudrait toucher sa peau, couvrir de baisers son front tiède, ses mains veloutées.

« Où est Romain ? » demande-t-elle.

À ses côtés, ses enfants. Eux aussi, depuis un an, refusent l'absence de réponse. Entre-temps, Thibault a rejoint le lycée. S'il s'arrête parfois devant le portail de Brémondières, c'est dans l'espoir un peu idiot d'y apercevoir, jouant dans la cour, le petit frère.

La sœur, elle, s'obstine à ne plus parler. À ne plus manger. Elle essaie à sa manière de disparaître à son tour. Depuis qu'il n'est plus rentré, Romain a pris dans la maison toute la place, même la sienne, alors Charlotte ne veut surtout pas causer de soucis supplémentaires à sa famille. Elle voudrait, si elle le pouvait, se faire toute petite. Fondre. Mourir. Peut-être devrait-elle partir, quitter la région ?

Mais elle reste, petite, autant qu'elle le peut. Elle n'est que la sœur. Celle qui n'est pas partie. Celle qui demeure.

Celle qui respire.

Elle pense en cet instant que vivre encore, c'est un affront.

De nombreux anonymes suivent la famille. Solidaires, ils affirment être profondément troublés par la perte. Ils lancent haut et fort des slogans percutants, des appels à la justice pour que l'affaire Romain Poittevin ne soit jamais oubliée. Ils se dirigent, masse compacte, vers les ruines de Crussol, à l'endroit même où le garçon a disparu un an plus tôt, jour pour jour. Chacun s'en souvient comme si c'était hier, la zone avait été ratissée, passée au peigne fin. La moindre branche avait été soulevée, la moindre pierre, retournée. Chaque empreinte de pas, inspectée…

Dans quelle direction aurait-il fallu aller ? Vers où auraient-ils dû regarder ?

La ville entière avait fait le déplacement afin d'aider les secours à retrouver l'enfant. Les hommes et les chiens avaient suivi les pistes, parcourant tous les chemins. Beauregard, Suchat, Chavaran, Ployé, Pinatte, Toulaud, sans oublier le chemin du Châtaignier et celui de Meyret à Guilherand. Ils avaient traversé la forêt de la Beaume des Bois du nord au sud, d'est en ouest. Exploré les vignes alentour durant tout le jour et durant toute la nuit. À vrai dire, chacun redoutait de découvrir le corps du jeune Poittevin en bas d'un ravin. On pensait aux espaces non sécurisés au bord des falaises où les pierres étaient patinées. Sur le massif de Crussol, le danger était omniprésent. Il était facile de glisser, de tomber, de se tordre une cheville, de se fracasser le crâne sur les roches en contrebas des crêtes. Se refusant à imaginer le pire, on pensait que l'enfant était peut-être blessé, qu'il avait trouvé refuge quelque part, étant incapable de se déplacer ou même d'appeler à l'aide. Peut-être était-il inconscient. Ou juste endormi. Blotti contre un arbre. Terrorisé, grelottant de peur, les genoux repliés contre la poitrine, guettant fébrilement l'arrivée des secours.

Un an jour pour jour. Des journalistes sont là qui couvrent l'événement. La presse locale principalement mais aussi une grande chaîne nationale. Le soir, on parlera de Romain Poittevin à la télévision à l'heure où les gens dînent. « On ne l'a toujours pas retrouvé ? fera-t-on remarquer d'un air étonné en découpant un steak cuit à point… Peux-tu me passer le sel, s'il te plaît ? »

On oubliera ensuite Romain Poittevin.

À moins que l'on ne tombe sur sa photo, sur une brique de lait demi-écrémé ou entier.

En bas de l'écran, ils afficheront un numéro de téléphone avant l'annonce du prochain reportage. Au cas où quelqu'un se souvienne – d'une ombre, d'une parole, d'un geste, de n'importe quel élément qui pourrait faire avancer l'enquête. Les gens ignorent que ce genre de témoignage, même ridicule, pourrait tout changer, bien que la plupart du temps, s'ils se manifestent, c'est pour déformer la réalité, pour se sentir exister. Pour donner à la famille de faux espoirs. Il y a des gens cruels. Bêtes et cruels.

La mère les connaît bien ces soubresauts qui l'ont fait vaciller à l'autre bout du combiné.

Combien de fois y a-t-elle cru ?

À chaque sonnerie, elle était persuadée que le calvaire se terminait enfin, qu'on lui annoncerait la bonne nouvelle : « Madame, on vient de retrouver Romain, votre Romain… Il vous attend au poste. Il vous réclame… Il n'arrête pas de répéter *: maman.* »

La porte de sa chambre demeure ouverte. Personne n'a touché à ses affaires. Lorsque le fils reviendra, tout sera identique. Le lit, les draps, les jouets, le bureau, la chaise, l'étagère, les livres, les peluches, le linge dans l'armoire… On ne touche à rien – la mère y veille attentivement. Seule la poussière est chassée d'un coup de plumeau puisque la saleté qui s'accumule signale l'absence de vie et le manque d'agitation. Tout doit rester comme avant. Elle y tient. Elle croit encore que Romain jouera de nouveau avec Thibault et Charlotte. La disparition est une méprise. Il ne peut en être autrement. Ce sont ses trois enfants, sinon rien. Sinon le vide. Le chaos.

Face aux articles de presse qu'il a découpés dans divers journaux, le frère se souvient de cette première marche blanche. Depuis, d'autres ont suivi avec les mêmes slogans. Avec les mêmes questions. Avec les mêmes visages devant, mais avec l'espoir terni, les joues creusées, les rides profondes sous les yeux de la mère, ses cernes violacés témoignant de ses nuits d'insomnies. Puis avec à ses côtés, lui tenant le bras, le père déjà voûté, ratatiné, submergé, si las qu'il n'a plus jamais développé de portrait pour compléter l'album de famille – ni pour les anniversaires ni pour les Noëls que l'on ne fêtait plus de toute façon… À quoi bon ? Il répétait qu'ils étaient morts tous les quatre, ceux qui restaient, un jour au mois de juin.

Pour lui, l'aîné, le protecteur, l'abandon était une erreur. Ce n'était pas comme un enterrement, disait-il. Rien n'était définitif. Jamais il ne renoncerait à l'espoir de voir revivre le petit frère, même des années après Crussol.

Pendant vingt ans, il a cherché. Il a fouillé la nuit et l'ombre, il s'est perdu dans les pires précipices. Il a suivi des méandres qui ne le conduisaient nulle part…

Mille détours dans des géographies aléatoires.

Jusqu'au jour où il a découvert les mots justes. Le message sur sa boîte mail. Les mots d'un homme qui lui expliquait ce qui était arrivé à Romain.

MME DRUMONT (LES CHÊNES VERTS)

C'est la nuit qu'elle aperçoit les démons. Mme Drumont voit courir les ombres au plafond. La vie lui joue des tours, elle fait tourner au-dessus de sa tête des machines sombres qui lui torturent l'esprit, l'enfoncent inéluctablement vers le déclin. Ce sont des sabres, des épines de roses blanches, des bouches immenses qui la dévorent, des yeux qui se baladent tout près de son corps, qui l'effleurent pour la provoquer car les ombres cherchent à la toucher, il faudrait qu'elle se méfie, qu'elle hurle, mais le manège est habituel, à force elle a appris à aimer le ballet de fous dansants et de farfadets qui allument de grands feux dans sa chambre dès que les volets sont clos. Elle ne panique plus. C'est beau, songe-t-elle. Dans le silence, ce sont ses nuits agitées, des rêves ensorcelés qui s'accrochent à elle. À l'aube, elle a retenu ce nom, Jasper… Un gardien. Un animal qui la regarde lorsque la lumière gronde. L'ombre d'un chien assis dans la pièce. Il ne bouge pas. Il guette le lever du soleil, attend que la porte s'ouvre enfin pour s'enfuir avec la nuit, pour se glisser entre les jambes de Lydia qui ne le voit jamais.

« Reviens, murmure Mme Drumont entre ses dents. »

Mais l'ombre file. Elle laisse place à d'autres fantômes, à des gens habillés en vert ou en blanc.

« Où sont passés Romain et Frédéric ? Vous les avez vus ?

– Non maîtresse.

– Ils sont allés par là je crois… »

Deux étaient partis. Un seul est revenu. À huit ans, le jeune élève avait fait demi-tour pour avertir l'institutrice.

« Je ne sais pas où est Romain. Il était avec moi. Je ne le trouve plus…

– Qui vous a dit de partir tout seuls ? Qu'est-ce qui vous a pris de vous éloigner comme ça ? »

Du temps gâché à réprimander celui qui restait au lieu de courir après l'enfant égaré. Pour ne pas faire d'histoires – Romain ne devait pas être loin –, Cauchon était parti à sa recherche. Il avait assuré qu'il le retrouverait, il n'y avait pas lieu de s'inquiéter. Mme Drumont s'était dit qu'il devait avoir raison. Ce n'était pas la première fois que le garçon se lançait dans ce genre d'aventures. Il fallait s'y attendre. Avec le jeune Poittevin, rien n'était jamais facile.

La nuit, Jasper revient. Il n'aboie pas. Il la regarde, assis sur son arrière-train. Le chien la juge, silencieux témoin d'une époque qu'elle pensait pouvoir oublier. Mais la maladie n'est qu'un prétexte. Une soumission évidente. Un manque de résistance face aux deuils qui ne se feront plus. Jasper ne bouge pas. Le chien est mort peu de temps après la disparition de Romain. Il n'y avait évidemment aucun lien entre les deux événements. La comparaison n'avait pas lieu d'être. Elle s'était dit qu'un chien, ce n'était pas un enfant, qu'elle n'avait aucun droit de verser des larmes pour un animal pendant qu'une famille entière mourait de chagrin à cause d'elle. Elle n'avait le droit de rien. Elle devait simplement s'excuser. Faire défiler la scène sous ses yeux pour se rendre compte que les choses auraient pu se passer différemment.

La nuit, un homme vient lui rendre visite. Il est grand. Il mesure sept mètres. Il encombre la pièce, il réveille à chaque fois les résidents parce qu'il rit de sa gorge puissante et dévastatrice. Entre ses mains grosses comme des montagnes, il détient le corps minuscule. Un enfant pris au piège entre ses doigts serrés. Agitant ses énormes bras, exprimant sa sempiternelle colère, torturé par une faim que rien ne rassasie, le géant hurle à la mort, il se déchaîne. Les murs de la chambre tremblent. Mme Drumont voudrait se faufiler, petite, dans un trou de souris. Les farfadets, eux, ont eu l'intelligence de s'éclipser.

La peur règne sous la pleine lune. Les volets sont clos.

Crussolius n'a pas dit son dernier mot. Il emporte Romain avec lui en crevant le plafond.

HUIT ANS
(L'ÉCOLE)

Ses élèves n'allaient pas se contenter de faire trois pas de danse sur une estrade bancale située entre la buvette et les poubelles. La journée devait être exceptionnelle, expliquait Mme Drumont à son jeune remplaçant. Ce serait là son tout dernier spectacle avant la retraite.

Elle avait pensé au site de Crussol où se dressaient, majestueuses, les célèbres ruines du château. L'institutrice avait pour habitude d'y organiser chaque année une sortie pédagogique avec sa classe. En général, elle en profitait lorsqu'ils arrivaient sur les hauteurs et qu'ils se retrouvaient face à l'époustouflant panorama donnant sur la vallée du Rhône pour évoquer l'histoire de leur commune et de la ville de Valence. Selon la saison, sur le chemin du retour, elle faisait chercher aux élèves les différentes espèces d'orchidées. Elle leur lisait à haute voix la liste complète des quarante variétés que l'on pouvait trouver sur les lieux, ce qui faisait toujours rire les enfants parce que quand même les fleurs avaient des noms bizarroïdes : *Himantoglossum hircinum*, *Orchis bouc*, *Orchis pyramidal*, *Orchis militaire*, *Anacamptis coriophora*,

Ophrys fuciflora, Céphalanthère rouge, Céphalanthère de Damas, Spiranthe d'automne, Epipactis à larges feuilles, Néottie nid d'oiseau…

« Connaissez-vous Crussolius ? leur demanda l'institutrice qui s'était levée de sa chaise pour rejoindre le tableau.

– Oui, firent les élèves d'une même voix. Le géant !

– Exactement. Celui qui aurait fondé le château de Crussol que tout un chacun connaît dans la région… Mais saviez-vous qu'il y a très longtemps des ossements d'une taille gigantesque – de plus de sept mètres – avaient été retrouvés sur les lieux ?

– Maîtresse, il y avait un vrai géant à Crussol ?

– Non, les enfants, c'est une légende… Une histoire que l'on se raconte pour donner un sens à ce que l'on n'arrive pas à comprendre tout à fait… Pour expliquer l'inexplicable… Et pour rêver aussi…

– Comme pour le père Noël ! lança tout à coup Frédéric Martel au premier rang, fier de sa comparaison.

– Mais non, contesta derrière lui Baptiste Giraud. N'importe quoi ! Le père Noël, il existe… Je l'ai même vu l'année dernière à Prisunic !

– Ah ouais ? fit Frédéric Martel en se tournant sur sa chaise pour regarder le protestataire.

– Moi aussi, je l'ai vu, au supermarché de Valence avec ma mère ! annonça plus loin Roger Bonnet.

– Moi, osa dire la jeune Élisa Roux, toujours sage comme une image, j'aurais trop aimé voir le géant de Crussol pour de vrai…

– Revenons à nos moutons, intervint Mme Drumont, appuyant avec exagération ses mains sur ses hanches. Vous ne me posez pas la question la plus importante…

– Laquelle, maîtresse ?

– Eh bien voyons, fit semblant de réfléchir l'institutrice, de mon côté si j'étais un petit enfant curieux, je me serais demandé non pas si les géants existaient pour de bon mais à qui appartenaient ces ossements gigantesques de sept mètres de long…

– Fastoche !

– Ah ouais ?

– À une girafe !

– Ah ! Ah ! Y a pas de girafe chez nous !… Puis ça fait pas sept mètres une girafe !

– Ah ouais ? Qu'est-ce que t'en sais, toi ?

– Je le sais.

– Pfff…

– À un dinosaure !

– Oh…

– Moi j'sais ! À un *Veloceraptosor* !

– Ah !

– Bah, euh…

– Euh…

– À…

– Euh ?

– À un mammouth ?

– Oui ! Bravo ! s'exclama aussitôt en tapant dans ses mains Mme Drumont qui, à cause de tout ce brouhaha, ne sut pas lequel de ses élèves avait donné la bonne réponse.

Ces ossements effectivement étaient ceux d'un mammouth, et non ceux d'un prétendu géant… Mais avant que l'on puisse en apporter la preuve scientifique, la légende avait fait son œuvre… On raconte même qu'un célèbre écrivain, François Rabelais, s'en serait inspiré pour ses histoires.

– Mais maîtresse, demanda Adrien Courtial à Mme Drumont, c'est quoi un *mamoute* ?

– Bah, c'est un dinosaure ! s'exclama tout à trac le petit Léo Blache, assis près du radiateur.

– Mais non Léo, reprit l'institutrice, réfléchis bien… Les mammouths ont vécu à la même période que les hommes préhistoriques… autrement dit, soixante millions d'années après les dinosaures ! Ce qui était une bonne chose pour la survie de l'espèce humaine, tu ne trouves pas ? »

Après une brève digression sur la préhistoire, les mammouths et les hommes des cavernes, Mme Drumont détailla le programme du spectacle de fin d'année qui devait occuper sa classe durant les trois prochains trimestres. En juin, les élèves rejoueraient la scène de la découverte des ossements de Crussolius. Ce serait une véritable pièce de théâtre. Chacun porterait un costume d'époque car l'on verrait, rassemblés pour l'événement, des paysans, des villageois, des forgerons, des chevaliers et même le seigneur du château. Tous célébreraient la monumentale découverte. Avec des cartons, on représenterait le fémur du géant qu'on ferait semblant d'extraire du sol. L'os évidemment ne ferait pas sept mètres de long. Ce serait difficile à concevoir. Mais l'assemblage suffirait à suggérer son gigantisme.

« Pour le deuxième acte, leur annonça l'institutrice,

changement de décor ! Nous imaginerons l'attaque de notre belle forteresse par un peuple ennemi. L'occasion de montrer de quelle façon les hommes défendaient leur territoire au Moyen Âge.

– On va faire la guerre ? demanda tout excité le jeune Christophe Revol, déjà prêt à se bagarrer.

– Non, pas du tout, vous serez de preux chevaliers dignes de ce nom, rectifia Mme Drumont. Contrairement à ce qu'on raconte, ils avaient des règles très strictes à l'époque, que nous étudierons dans l'année. »

Court silence dans la classe. Chacun pensait déjà à cette étonnante journée qui s'annonçait. À Brémondières, ce n'était un secret pour personne : Mme Drumont était réputée pour avoir des idées folles. Or celle-ci leur paraissait carrément démente. Et ce n'était pas fini. Pour le tableau final, l'institutrice leur expliqua, joignant le geste à la parole, qu'ils quitteraient leur costume du Moyen Âge pour faire un saut dans le temps : tous en blouses blanches, lunettes sur le nez et tubes de laboratoire à la main. Grâce à la magie du spectacle, ils deviendraient tout à coup des scientifiques chargés de révéler la vérité au public. Car si les géants n'existaient pas, les éléphants poilus de plus de douze tonnes avaient réellement fréquenté la planète… Marchant même sur la colline de Crussol. Il y avait de cela des siècles et des siècles.

« Ce sont les tests génétiques qui le prouvent, direz-vous ! s'exclama Mme Drumont qui s'imaginait déjà la scène. Nous, scientifiques de renom, nous tenons là dans nos éprouvettes un concentré de dix mille ans d'histoire !

L'ADN, messieurs-dames, voici l'ADN d'un animal extraordinaire ! Et, puisque le progrès est en route, nous ferons bientôt d'autres découvertes qui feront mourir les légendes et éclater au grand jour la vérité ! Messieurs-dames, nous n'avons qu'une seule chose à dire : vive la science !... »

Applaudissements et consécration.

Puisque Mme Drumont venait d'achever son numéro d'actrice et qu'elle était partie vers le fond de la salle chercher une pile de polycopiés dans l'armoire pour les distribuer aux élèves, Romain Poittevin en avait profité pour demander à son voisin de gauche – en chuchotant pour ne pas se faire entendre – si ce qu'il avait dit était vrai.

« De quoi tu parles ? s'enquit Frédéric Martel, qui ne se rappelait déjà plus ce qu'il avait pu raconter comme bêtise.

– Bah, du père Noël... T'as dit tout à l'heure qu'il existait pas. »

Surpris par cette requête, ne sachant que répondre sur le moment, le garçon prit une seconde pour réfléchir tout en surveillant Mme Drumont du coin de l'œil. Si elle n'avait pas été là, il aurait été facile de saisir *Crotte-de-nez* par les épaules en lui balançant : « Hé, tronche à moules, tête à claques, bien sûr que rien n'est vrai ! Depuis le début, tu crois quoi ? Les parents nous mentent, ils nous racontent des histoires à la *mort-moineu* ! »

« J'ai dit ça comme ça, s'excusa finalement Frédéric, qui craignait d'être repéré par la maîtresse. Faut pas m'écouter. Bien sûr qu'il existe... Sinon pourquoi on aurait tous des cadeaux à Noël ?

– J'sais pas, moi… Thibault aussi me dit que c'est les parents qui font…

– C'est qui Thibault ?

– Mon grand frère…

– Pfff… Il dit n'importe quoi ton grand frère… La maîtresse aussi elle dit n'importe quoi… Moi, par exemple, je peux te dire que les géants, ils ont vraiment existé.

– T'en as déjà vu ?

– Non… Mais je sais qu'ils sont partis sur une autre planète après la préhistoire, après la guerre des *Ornithorynx* à longs becs… Sur la planète Oméga Z plus exactement. Troisième galaxie d'Orion après Saturne.

– Oh !… J'te crois pas… Comment tu sais ? »

Frédéric leva la tête un instant.

Comme Mme Drumont était encore loin et qu'elle leur tournait le dos, il répondit :

« Croix de bois, croix de fer, c'est mon grand-père qui me l'a dit… Il vit en bas de la France, près de la mer à Fréjus… Mais promis top secret hein ! C'est quand il a fini de faire la guerre mondiale que les Américains lui ont tout avoué… Enfin c'est un soldat américain qui l'a dit à un copain de mon grand-père qui le lui a répété… Paraît que les Américains ils ont une base souterraine dans le désert avec des tas de trucs secrets dedans. C'est pour ça qu'ils sont allés après sur la lune avec la fusée d'Ariane parce que les géants sont partis là-bas avant de rejoindre Oméga Z. Mon grand-père me l'a montrée, la lune, avec un truc *trop gros scopique* pour voir de près, et c'est vrai, on voit partout les empreintes des géants. Ça fait comme des cratères énormes.

– Oh… Tu me montreras à moi aussi ?

– Oui… Si un jour tu viens avec moi en vacances chez mon grand-père à Fréjus, on lui demandera de te montrer aussi.

– Je pourrai voir les empreintes des géants ?

– Oui, si tu viens tu pourras voir les empreintes des géants, et on demandera même à mon grand-père de nous raconter des histoires d'Américains que personne ne connaît au monde… »

LES IMPUISSANTS (L'AUTRE ENDROIT)

Paulo connaissait l'errance, les basses températures des fugues imprévues. Il ne craignait pas de marcher des heures à la lueur du ciel guidé par des constellations dont il ignorait le nom mais dont il se servait comme d'autres utilisent des boussoles. Il suivait le chemin le plus haut, l'étoile scintillante, dans le but de rejoindre les pics sur lesquels les hommes n'osent plus s'aventurer. Il voulait observer le monde en hauteur, la vie depuis un rocher. Pour que personne ne puisse l'atteindre, pour qu'on ne puisse pas lui jeter la première pierre. Il voulait vivre sauvage et nu. Même en hiver, même dans des lieux reculés où rien ne vient. Il n'avait plus de chair sur lui, que du cuir – des morceaux indestructibles. Sa peau à force s'était creusée pour se régénérer à chaque coup reçu, ne laissant aucune cicatrice à la surface. De plus en plus résistante avec les années vagabondes, elle le protégeait mieux qu'une armure.

Après neuf jours et autant de nuits de marche, un matin, il avait repéré au loin au milieu d'un champ une vieille bâtisse sur laquelle des ronces épaisses avaient poussé pour en recouvrir la façade. Blottie dans les épines, la demeure semblait à l'abandon. Les volets étaient clos ainsi que la porte d'entrée. Partout la végétation avait repris ses droits, récupérant ce qu'on lui avait retiré jadis à coups de pioche. Elle s'étendait, dense et sauvage, sur les murs et jusque sur le toit pour engloutir l'artificiel, les briques et les poutres. C'était beau à voir cette victoire du végétal sur la civilisation. Pourtant Paulo s'était trompé. Il existait d'autres êtres qui vivaient cachés. À son approche, la porte s'était ouverte, le paysan était apparu sur le seuil, un chapeau sur la tête et une longue barbe broussailleuse lui camouflant la moitié du visage.

Par orgueil, l'homme avait pointé son fusil sur lui avant même de lui adresser la parole.

« Entre, avait-il fini par marmonner après l'avoir examiné de la tête aux pieds. »

Il y avait eu ensuite un bol de lait chaud, le partage du pain et du chocolat. Puis la soupe du soir. Puis d'autres repas – de nombreux silences autour d'une table. Leurs mains ensemble avaient parcouru la surface en bois, fortes et vigoureuses, pour saisir la carafe d'eau, échanger le sel et le poivre, pour se rapprocher ou s'éloigner sans jamais se frôler. Par inadvertance, il leur arrivait de redresser la tête au même moment. Leurs regards se croisaient. Mais la question ne venait pas. Il aurait été inutile de remuer un passé dont ils n'avaient que faire. Ils étaient réunis tous deux dans la maison noire au milieu des ronces parce que dès les premières secondes ils s'étaient reconnus, parce qu'ils avaient accepté de briser pour une durée indéterminée leur solitude, parce que au fond ils étaient heureux de se retrouver bien qu'ils ne se fussent jamais vus auparavant. « Qui es-tu, toi ? » Qu'importe l'explication. Paulo avait trouvé le chemin de la maison, la porte pour lui s'était ouverte. « Viens, mon garçon, lui avait-on dit. Approche-toi. » Les ronces s'adoucissent, le passage s'agrandit. Ceux que le monde refuse, ici les ténèbres les accueillent avec joie.

Le gamin avait vécu une année entière chez le paysan. Avait-il fréquenté un fantôme ? Son hôte disparaissait régulièrement. Ce dernier n'indiquait jamais sa route, n'évoquait jamais le but de ses pérégrinations. Où allait-il ? Et pour quoi faire ?

Sur le seuil, à l'aube, Paulo, sous les épines, l'observait s'éloigner du champ avec son sac en toile de jute jeté sur l'épaule. Son contenu si lourd demeurait un mystère – mais il n'y avait sans doute rien à savoir.

Un jour pourtant, le paysan lui avait demandé, l'air grave, de s'asseoir.

« Écoute-moi, petit, j'ai une chose importante à te dire. »

Avant de poursuivre, le propriétaire de la maison aux ronces avait versé dans deux verres à pied le contenu d'une bouteille de vin millésimée qu'il conservait depuis longtemps à la cave, et qu'il avait débouchée pour l'occasion. C'était sa façon de marquer le coup, de signifier le caractère exceptionnel de la situation. Il versait du vin à Paulo comme s'il lui offrait son propre sang.

« Je ne connais rien de toi, avait-il annoncé, levant enfin son verre pour trinquer, et toi tu ne connais rien de moi.

Mais aujourd'hui je vais te confier une partie de ma vie parce que voilà un an que je t'observe, un an que tu tournes autour de moi comme un fils autour de son père, alors après ce que je dirai ce soir, tu ne me répondras pas tout de suite, tu te tairas d'abord, tu réfléchiras jusqu'au petit matin. Alors seulement lorsque tu auras pris ta décision, lorsque tu seras sûr de toi, sachant qu'il n'y aura pas de retour en arrière – sinon je te tue de mes propres mains –, tu viendras me voir, je serai dans le champ, face au soleil. Je te montrerai la direction avant de te mener vers elle.

– Vers où ? avait demandé Paulo.

– Vers nulle part… Je te mènerai à l'endroit qui n'existe pas et qui n'existera jamais… Là-bas, j'y ai caché ce que j'ai de plus précieux… Je l'ai cachée aux yeux du monde, des autres hommes, même de toi pour la protéger et l'éloigner de ceux qui lui veulent du mal. Ils ont été si puissants avec elle. Ils faisaient semblant de l'embrasser pour la faire souffrir… Elle n'était qu'une enfant quand je l'ai sauvée, fragile, de la ville… Je n'avais rien à lui offrir… Cette maison, mais chez moi, ils auraient fini par la retrouver. Ils l'auraient ramenée de force avec eux, et je n'aurais rien pu faire. Mon fusil ne les effraie pas… Ils ne redoutent rien. Surtout pas un homme seul – un vieux fou comme le disent mon frère, qui n'est plus mon frère, et ses atroces complices, tout ça parce que je ne parle pas… Je ne parle pas mais je vois. Aujourd'hui je m'adresse à toi comme je m'adresserais à un fils pour lui laisser mon héritage… Tu iras la sauver à ton tour. Tu connais l'impuissance. Tu comprends l'éloignement… Je veillerai sur vous, sur toi dont je ne sais rien mais dont je devine beaucoup… Tu lui plairas, crois-moi. Elle t'accueillera, heureuse, un peu folle entre tes bras. Vous partagerez le même air, vous vous épanouirez parmi les arbres et les herbes, indomptables comme les ronces sur le toit de ma maison. Vous vivrez à deux, vous vivrez vieux. Sans aucune autre préoccupation… Il en sera ainsi pour tous les jours à venir… Si tu veux bien me suivre. »

Après le vin et la révélation, Paulo ne savait plus si ce qu'il avait entendu était réel. Pour la première fois, le paysan avait parlé. Mais il lui semblait que ce n'était pas sa bouche qui avait formé les sons.

Était-ce ce qu'on appelait un rêve ?

Autour, le monde tournait, tout prenait vie. La table, les chaises, les verres, la bouteille renversée. Les murs décrépis. La poussière dans les recoins.

Il aurait voulu savoir son nom, comment s'appelait la fille, si elle existait.

Mais le paysan avait certifié qu'elle n'avait pas de prénom. Elle était morte une fois, et cela avait suffi.

« Aime-la simplement, la fille sans nom. Crois-moi, il n'y aura rien de bizarre si tu la gardes près de toi. »

Pendant un long moment, Paulo avait fixé la chaise vide devant lui. Les paroles flottaient dans son esprit. C'était un air entêtant qui lui disait de partir, de rejoindre la fille sans nom, de s'enfermer avec elle au grand air, loin, là où il serait impossible de les suivre.

Le paysan s'était trompé. Nul besoin de la nuit pour réfléchir. La décision déjà était prise.

M'entends-tu, fille sur les sommets ?

Demain, je te retrouve là-haut… Tu es à moi. La seule chose que je posséderai à jamais.

NEUF ANS
(L'ÉCOLE)

Elle l'imaginait heureux, s'intéressant aux petites voitures, aux soldats de plomb, aux Playmobil, aux carabines en plastique, aux cow-boys et aux Indiens, à des jeux de son âge en somme, à des trucs de garçons. Elle avait déjà eu l'expérience avec le plus grand – il n'y avait eu aucun problème. Jamais avec Thibault elle ne s'était posé la moindre question.

« On n'a pas tous les jours neuf ans », avait-elle expliqué à Romain en passant sa main dans ses cheveux comme elle le faisait lorsqu'elle s'inquiétait. Des caresses tendres et appliquées pour se persuader que tout irait bien. Elle voyait son petit garçon grandir, et malgré les années, rien ne changeait.

Pour son anniversaire, elle lui avait demandé de choisir entre ses camarades. « Dix, pas plus », lui avait-elle dit. L'appartement n'était pas si grand que ça.

Appliqué à la tâche, prenant appui sur la table basse du séjour, Romain nota en premier le prénom de son meilleur ami. C'était évident, avec Frédéric, ils passaient leurs journées ensemble à l'école. Assis l'un à côté de l'autre, ils avaient appris à se connaître, à partager certains secrets, à envisager même des vacances où il serait question de planètes et d'empreintes de géants...

Néanmoins pour faire plaisir à sa mère, il fallait trouver neuf autres prénoms.

Au bout de quelques minutes, ne sachant qui choisir, l'enfant écrivit ce qu'il lui passa par la tête : « Léo... Rémi... Vincent... Aurélie... Vanessa... Olivier... Karim... Pierre... Maryse... »

Le compte y était. Mais Romain se doutait bien qu'à part Frédéric, et peut-être Léo et Karim, les autres ne prendraient pas la peine de venir à son anniversaire.

Trop la honte d'aller chez *Crotte-de-nez* !

Emmanuelle Poittevin esquissa un large sourire lorsque son fils l'appela pour lui remettre les dix cartons d'invitation dûment remplis. Elle lui promit en l'aidant à les mettre sous enveloppe de faire pour sa fête deux bons gâteaux, l'un aux fruits et l'autre au chocolat – parce que le chocolat, tout le monde aime ça... Il y aurait aussi des bonbons, de la limonade, du soda, de la musique et des confettis.

« On n'a pas tous les jours neuf ans », répéta-t-elle.

La mère reprit le chemin de la cuisine pour y préparer le repas du soir, fredonnant un air à la mode, des paroles incompréhensibles prononcées dans un anglais approximatif, faisant devant sa cocotte-minute de grands gestes avec les mains, avec les bras des moulinets dans les airs, des ondulations avec les hanches, se voulant tout à coup aérienne, plus légère pour oublier l'embarras des premières années, pour se rassurer : son fils finalement serait un garçon comme les autres.

Envisageant l'avenir de Romain en épluchant les navets, elle pensa à sa propre enfance. Et à Ghislaine Dubois.

Qu'avait-elle pu devenir trente ans plus tard ? La veille encore, elles étaient deux fillettes qui s'élançaient sur les trottoirs, riant aux éclats, se faufilant entre les jambes des adultes qui les regardaient passer à toute vitesse, agacés, ébahis ou simplement étonnés. Il y avait dans l'atmosphère des joies, des plaisirs, des courses et des chansons. Au milieu de la rue, elles s'arrêtaient soudain l'une face à l'autre pour faire claquer leurs mains, mimant le jeu à la mode, une chorégraphie apprise par cœur : « Trois p'tits chats, trois p'tits chats, trois p'tits chats, chats, chats… Chapeau d'paille, chapeau d'paille, chapeau d'paille, paille, paille… »

Ghislaine avait un caniche nain, un caniche couleur abricot. Rigolo comme une peluche. Ghislaine avait des jupes avec des volants, des froufrous, elle avait aussi de belles jambes… Elle faisait de la danse au Studio Marie-L'étoile deux fois par semaine. Elle avait une frange, des cheveux longs. Elle avait un frère qui s'appelait Jean-Philippe. Il avait quatorze ans. Il plaisait à toutes les filles de l'école. Comme les autres, Emmanuelle en était amoureuse. Il était gentil. La mère de Ghislaine parlait français et russe, elle était grande et très blonde, elle travaillait à la mairie de Valence, elle préparait pour le goûter des *skazka* trempés dans de la liqueur d'orange et des *muraveïnik* au lait concentré et aux raisins secs. Elles avaient neuf ans, les journées duraient l'éternité. Rien n'allait changer. Meilleures amies pour la vie. Promesses faciles au milieu des cordes à sauter et des élastiques. Or survinrent un jour l'odieuse séparation, le retour au pays tant redouté, les nombreux adieux qui déchirent l'âme et le cœur, les premières cartes postales envoyées d'un continent à l'autre dans lesquelles on se raconte tout, où l'on se jure de ne rien oublier, jamais, avant que la distance, les nouvelles connaissances ne viennent détruire l'ancienne amitié.

Restent alors de rares pensées, des *il faudrait que je lui écrive*, mais les amours s'en mêlent avec le collège, le lycée. Sans prévenir, le temps se précipite. L'amie d'autrefois a disparu.

Comme l'enfance.

« On n'a pas tous les jours neuf ans. »

L'avait-elle encore répété à haute voix ?

L'année pour Romain était perdue. À l'école, ils envisageaient le redoublement. Ses notes étaient catastrophiques. Trop de retard, de lacunes accumulées… Qu'y pouvait-elle ? Comment faire rattraper à son fils ce que, malgré les cours de soutien et les grandes colères, l'enfant ne comprenait pas ? Avec Michel, ils avaient tout essayé, rien ne marchait. Ni la méthode douce, ni les cris, ni les rendez-vous chez l'orthophoniste. Ils avaient fait le tour de tous les spécialistes de la terre. Il fallait se rendre à l'évidence. Elle avait voulu tenter le coup, jouer le tout pour le tout, ne pas l'exclure, faire comme si…

« Tu crois que c'est normal ? lui demandait sans cesse son mari.

– Qu'est-ce qui est normal selon toi ? On fera comme si… Il sera comme les autres, comme son grand frère et sa grande sœur. Il suivra leurs pas, il suivra le même chemin que ses camarades. Il suivra le monde, et tout ira bien. D'autres s'en sortent ainsi. Il suffit de taire les faiblesses, et plus personne n'y pensera. »

Neuf ans.

Le lendemain sur le trajet de l'école, Romain Poittevin s'arrêta un instant en chemin, posa son cartable à même le trottoir. Il en sortit les dix enveloppes destinées à ses camarades. Il n'était pas question qu'il les distribue. Hop, toutes jetées à la poubelle en moins d'une seconde.

« Que fais-tu ? lui demanda Thibault qui l'attendait plus loin avec Charlotte. Bouge-toi, on va être en retard ! J'ai mon contrôle de maths qui commence dans cinq minutes… »

L'explication parut surprendre Romain, lequel abandonna tout à coup la poubelle, ses camarades dedans. Éclatant de rire, il se mit à courir en direction de son frère, s'accrochant aux lanières de son cartable pour ne pas vaciller, pour ne pas se laisser emporter par tant de précipitation. Arrivé à sa hauteur, l'enfant le dévisagea, riant toujours, avant de le dépasser, avant de chercher à aller plus vite encore, espérant que Thibault le suivrait dans sa course folle.

« Attends-moi ! s'inquiéta son frère, censé s'occuper à la fois de lui et de sa petite sœur. »

Depuis ses premiers pas, Romain était à surveiller comme le lait sur le feu. Il ne cessait d'attirer l'attention sur lui. La faute à ses multiples maladresses, des bleus partout. Jusqu'à la cicatrice sur le front.

En grandissant, on pensait que cela s'arrangerait, que les histoires de chutes et d'écorchures ne préoccuperaient plus autant la famille. Mais aujourd'hui encore, pour traverser la route, on devait lui répéter d'être prudent, de regarder des deux côtés avant de s'élancer sur le passage piéton.

« Les voitures roulent à toute vitesse, et toi, dans la lune, tu ne fais attention à rien… »

Neuf ans. Le petit frère allait devenir grand. Un jour, plus personne ne lui tiendrait la main pour le protéger, pour lui signaler les dangers du monde.

Devant la grille de l'école, Thibault l'embrassa sur le front. Presque comme une mère.

« À tout' Capitaine ! » lui dit-il avant de vérifier que Romain dans la cour retrouve bien ses camarades de classe.

Thibault prenait son rôle de grand frère au sérieux. Ses amis le lui faisaient souvent remarquer. Eux, en général, avec leurs petits frères, c'était plutôt bon débarras, *adios amigos*, ciao le boulet ! Mais aucun de ses amis n'avait Romain comme petit frère.

Thibault bien sûr aurait préféré que son petit frère à lui – comme tous les petits frères du monde – vienne aussi l'embêter, se faufilant sans son autorisation dans sa chambre pour lui piquer ses affaires, ses jouets, ses magazines, pour se mêler de choses qui ne le regardaient pas, pour répéter aux parents des secrets de grands, toujours prêt à cafeter et à faire son intéressant… Cela aurait été moins terrifiant que ses longs silences ou ses crises que l'on ne comptait plus. Combien de fois après l'école était-il allé voir ce qu'il faisait – et Romain ne faisait rien. Pour l'occuper, Thibault venait s'asseoir au bord de son lit avec un tas de livres de sa bibliothèque : des romans, des encyclopédies pour la jeunesse, le

Guinness des records de l'année en cours ou des années précédentes, puis se tournant vers l'enfant qui ne prenait jamais d'initiatives, il lui demandait ce qu'il voulait lire – *Le Livre de la jungle*, *Les Aventures de Robinson*, *Tarzan*, *Tom Sawyer*, *Oliver Twist*...

« Dis-moi, Romain... Tu veux qu'on apprenne de nouveaux mots pour l'école ? qu'on cherche des images d'animaux sauvages ? ou des nouveaux records ? des inventions incroyables ? Dis-moi, tu aimerais que l'on fasse quoi ? »

À chaque proposition, Romain hochait la tête. Très enthousiaste, il était d'accord pour tout. Pour les histoires, les nouveaux mots, les images, les records et les inventions. Il n'y avait qu'avec Thibault qu'il réagissait ainsi. Seul son grand frère parvenait à le sortir quelques instants de ses rêveries silencieuses.

Mais même avec lui, au bout d'un moment, comme incapable de se concentrer davantage, Romain n'écoutait plus.

Avant le coucher commençaient les questions, les écholalies, le rituel.

Romain réclamait son grand frère – une dernière fois – pour un bisou sur la joue, puis emporté par un flot de paroles qu'il ne contrôlait plus, il se lançait chaque soir dans le même discours, à propos de la vie et de la mort.

« Thibault si tu meurs est-ce que je vais avoir très mal au cœur ? Maman dit que non qu'on ne va pas mourir pas tout de suite dans très longtemps mais mamie quand on va à l'église elle prie pour les gens qu'on aime et qui sont au paradis. Thibault tu connais le paradis toi ? Est-ce que ce n'est pas très loin de la lune ? Pourquoi on n'y va pas avec une grande fusée ? Comme ça on pourrait ramener les gens qui sont morts. Moi si tu meurs j'irai te chercher promis juré craché. Thibault dis-moi. Moi je ne veux pas. Je ne veux pas. Thibault. Dis-moi. »

Après les questions, Romain, le regard fixe, se redressait parfois dans son lit et, tel un métronome, se balançait d'avant en arrière.

« M'man, viens vite ! s'écriait Thibault. Ça recommence ! »

La mère venait.

« Chut… chut… mon petit », murmurait-elle, se jetant sur son fils pour le serrer dans ses bras, tentant de le consoler d'une chose qu'elle ne maîtrisait pas.

Longtemps elle avait cherché. Pourtant, dans la famille, il n'y avait pas eu tant de drames, de traumatismes, de secrets, de peurs absurdes…

« Chut, chut, mon petit garçon… Maman est là… »

Avec l'âge, les crises avaient fini par s'espacer. Mais certains soirs, Romain replongeait vers des abysses étranges.

Entre ses bras, la mère le retenait, se demandant malgré tout de quoi son fils pouvait manquer lorsque la nuit venait. Si petit et déjà si effrayé.

Elle s'en voulait, même si ce n'était pas tout à fait de sa faute. Neuf ans plus tôt, Romain, retenu au cordon, avait connu les turpitudes des naissances difficiles. Trop d'attente avant le jour. L'enfant ne voulait pas sortir de son ventre.

Maintenant, il craignait les nuits et les endormissements.

JOUR DE SILENCE
(LA COLLINE)

Le principal du collège avait interrompu le cours de M. Teyssier, le professeur d'arts plastiques, pour faire ensuite un signe de la main en direction du couloir. La seconde d'après, un homme en costume entrait dans la salle de classe.

« Thibault Poittevin ? » avait demandé l'inconnu, balayant du regard l'ensemble des élèves de la 3e B.

Stupeur générale.

Personne ne savait ce qu'il se passait. On songeait à une convocation pour faute grave, très grave, genre conseil de discipline puis renvoi. Mais l'aventure était peu probable. Poittevin ne faisait pas partie de la bande des caïds du collège. Lui, ce n'était pas un méchant.

« Oui, avait fait l'intéressé en se levant de sa chaise. C'est moi…

– Veuillez me suivre, s'il vous plaît. »

Aucune explication, aucune autre injonction devant les autres. Il avait été demandé à l'homme en costume la plus grande discrétion. Pour le moment, l'affaire concernait uniquement la famille Poittevin. C'était noté sur le document qu'il tenait à la main. De toute façon, si rien ne se résolvait dans l'heure, il y aurait très vite un communiqué de presse. Mais d'abord il fallait avertir les proches. Réunir la famille avant la foule.

« Les secours sont en route. »

Thibault n'avait entendu que cela. Le petit frère tombé de la falaise. Disparu. On le recherche.

« Il est tombé ? avait-il demandé.

– Rien n'est sûr. C'est la première piste qu'on envisage. »

Silence.

Dans le bureau du principal, l'élève n'avait plus rien dit. L'inconnu devait se tromper.

Erreur sur le prénom.

« Vous êtes certain qu'il s'agit de Romain ? C'est vrai qu'il se fait souvent mal mais quand même… »

Il avait attendu des excuses. La situation ne pouvait pas être aussi dramatique.

« Votre frère tombe souvent ? avait insisté le type en costume.

– Oui, Romain est assez maladroit. Un jour – on n'arrête pas de le lui dire – il se cassera une jambe, ou le poignet, ou les deux. Il est tête en l'air, il ne regarde jamais où il met les pieds… »

L'homme travaillait pour la police, un truc du genre, c'était un administratif, un coordonnateur, un oiseau de mauvais augure. Tout ça à la fois. Ensuite, il l'avait emmené sur les lieux, à Crussol.

La voiture banalisée l'avait déposé sur le parking. Sa mère était là. Elle l'attendait, les lunettes embuées de larmes.

« Mon fils, avait-elle dit en l'apercevant. Mon petit chéri… »

Elle l'embrassait sur le front mais ce n'était pas ce fils-là qu'elle espérait.

« Ton frère, avait-elle articulé, tremblante, en saisissant son visage entre ses mains. Ton frère… »

C'était un jour de grand soleil.

Des enfants formaient une ronde sur le terre-plein. Au milieu une femme les comptait, à chaque fois il en manquait un. Thibault n'avait pas tout de suite reconnu son ancienne institutrice, Mme Drumont, qu'il avait eue en primaire, il ne voyait que sa mère, les policiers en uniforme autour d'elle qui marchaient et soulevaient la poussière avec leurs grosses chaussures. Ils avaient l'air de faire de grands gestes, de chercher des directions à prendre. Il leur fallait organiser le parcours, retrouver l'itinéraire emprunté par Romain Poittevin.

Lui ne savait rien, juste que son frère manquait à l'appel.

Impossible de respirer. C'était l'après-midi. Il y avait beaucoup de lumière. De poussière aussi.

C'étaient les autres qui avaient pris les choses en main. Sur la colline, un écho particulier. « Romain », le prénom familier repris en chœur par des bouches anonymes.

Thibault Poittevin aurait voulu crier à leur place.

Eux, ce n'était pas leur petit frère qu'ils recherchaient. Juste un gamin sur une photo.

À ses côtés, sa mère tremblait encore. Tétanisée par le drame qui s'annonçait. Elle envisageait le pire. La mort. Le carnage. Les cris. La violence.

Impossible de respirer.

C'était l'après-midi, mais la première nuit avait été semblable, terrible. Nuit de silence. Les yeux ouverts. Aucun bruit dans la chambre du petit. Aucune turbulence.

« Allez vous coucher les enfants, il est bientôt trois heures… »

Sa sœur et lui étaient restés autour de la table, avec leur mère. Le téléphone n'avait pas sonné. Avec des éclairages artificiels, à l'extérieur, leur père cherchait toujours son fils. Personne ne savait où il était. Personne ne le trouvait. Romain, disparu. L'idée paraissait saugrenue. On croyait au précipice. On guettait le moindre bruit, là, derrière la porte.

Ils allaient revenir et la famille serait de nouveau réunie.

Aucun d'eux n'avait parlé. La sœur, le frère et la mère patientaient. Ils comptaient les secondes, les minutes, les heures. Chacun de leur côté. Ils ignoraient que plus jamais ils ne s'adresseraient la parole comme avant. Quelque chose autour de la table en cette nuit de juin s'était brisé.

Nuit de deuil. Il avait fallu supporter les pleurs. Oublier la légèreté, l'insouciance. Faire avec la tragédie, jour après jour, année après année. Le souffle coupé. Il y avait eu ce jour-là trop de lumière. De poussière aussi.

MME DRUMONT
(L'APPARTEMENT)

Thibault Poittevin prenait un premier café. Après avoir consulté son courrier, il en acceptait un deuxième, un troisième, un quatrième. Le mercredi, chez Mme Drumont, Thibault Poittevin exagérait. La vieille femme n'en revenait pas. Elle ne comprenait pas comment son invité arrivait à fermer l'œil de la nuit avec toute cette caféine ingurgitée en un après-midi. Le jeune homme lui répondait que la nuit, il ne dormait pas. Tout le monde avait abandonné. Lui, la nuit, il cherchait.

Dans les émissions du soir à la télévision, il y avait des corps perdus qui réapparaissaient subitement quand on s'y attendait le moins. Des familles qui intentaient des procès, même des années plus tard. Partout où la cruauté régnait, il était possible de retrouver des gamins enfermés dans des caves, dans des sous-sols, dans des greniers, dans des placards, à quelques mètres de leur domicile ou à l'autre bout du monde. Il suffisait d'un rien, d'un indice…

« Mme Drumont, annonçait solennellement Thibault en rangeant son courrier dans son sac, rien de nouveau pour nous cette semaine. »

Des années après la disparition de leur plus jeune fils, même s'ils avaient décidé de ne pas entamer de procédure de divorce, les parents de Thibault avaient fini par se séparer. Michel et Emmanuelle Poittevin avaient attendu que leurs enfants, les deux qui restaient, quittent le nid pour partir à leur tour. Ils avaient trop souffert pour vivre encore sous le même toit. Le visage de l'un rappelait sans cesse à l'autre le vide. S'ils ne voulaient pas se détester jusqu'à la fin des temps, ils devaient apprendre à se reconstruire ailleurs, chacun de leur côté, seul ou auprès d'autres figures moins meurtries.

On leur avait conseillé d'arrêter de suivre l'enquête, de considérer Romain comme un fantôme. Comme si cela était facile. Aucun cimetière pour parler à l'enfant. Nulle tombe pour se recueillir au-dessus d'une plaque de marbre et d'un pot de fleurs.

« Ne cherchez plus, leur répétait-on. Les vivants meurent toujours de trop espérer. N'espérez plus. »

Chaque mercredi, Mme Drumont remplissait sa cafetière à ras bord en écoutant les espoirs du frère, ses doutes, ses pistes improbables. Elle avait suivi de près les déplacements de Thibault Poittevin qui avait parcouru le pays en tous sens après avoir contacté toutes les associations possibles.

Le frère avait continué à remuer ciel et terre, prenant le relais des parents.

« Papa, maman, leur avait-il dit, moi, je m'en fous, je n'abandonnerai pas. »

Le jeune homme montrait à l'ancienne institutrice le

courrier qu'il recevait chaque mois via une association de Mulhouse. Depuis les quatre coins de la France, de parfaits inconnus pensaient toujours aux enfants, au petit frère, et c'était formidable ce soutien. Après tout ce temps, c'était la preuve que certains n'avaient pas oublié Romain. Ce courrier ne contenait pas grand-chose : une illustration naïve, un simple mot de réconfort, une parole amicale, mais cela lui était essentiel.

Il y avait une dame de La Rochelle, soixante-dix-neuf ans, qui lui écrivait régulièrement.

Voilà à quoi ressemblent ceux que l'on ne voit plus. Ils ont trouvé leurs ailes et se sont envolés. Ce sont nos anges, nos chérubins… Ils vivent chaque jour près de nous, ils brillent pour toujours dans nos cœurs.

Sur les dessins joints à sa correspondance, Romain flottait avec des ailes près d'un nuage et d'un soleil qui souriaient.

La belle histoire.

Mme Drumont n'avait pas écrit de lettre, elle avait demandé pardon, elle avait accepté les accusations. Depuis, comme le grand frère, elle consacrait sa vie au drame. Le petit Romain hantait ses jours et ses nuits. Et c'était son mythe de Sisyphe, ce rituel du mercredi après-midi, parce que chaque semaine, avec ses photos et ses dessins, Thibault Poittevin lui faisait revivre la même terrible journée devant une tasse de café qu'elle lavait à la main après son départ.

Il paraît que l'on s'accroche ainsi à la dernière personne qui aurait vu quelque chose.

Mais justement, elle n'avait rien vu.

« Mon enfant, lui disait-elle lorsqu'elle n'avait plus la force d'y croire, j'ai la tension basse aujourd'hui… Je ne me sens pas d'attaque pour regarder les lettres avec toi… Si ça ne t'ennuie pas, je vais aller m'allonger dans ma chambre. »

Thibault préférait le déni.

Mme Drumont n'était pas vieille. Il s'agrippait fermement à elle, pour ne pas tomber.

« Vous savez, lui répétait-il, quel âge aura Romain cette année ? »

Elle ne lui répondait pas, ne connaissant plus la réponse. Depuis longtemps, elle avait cessé de compter.

« Il aura toujours neuf ans, lui rappelait Thibault. Vous n'avez pas oublié ? La semaine prochaine, c'est son anniversaire… Je vous prendrai une part de forêt-noire à la pâtisserie… Vous aviez bien aimé l'année dernière… Voilà… Une part de forêt-noire avec une lichette de marquisette fraîche en accompagnement… Une lichette ou deux… On ne va pas se laisser abattre non plus ! On trinquera à la santé de Romain… À la vôtre aussi… À son anniversaire… À d'éventuelles retrouvailles… À tout ça. »

LES IMPUISSANTS (L'AUTRE ENDROIT)

Ce n'étaient que des enfants, des êtres particuliers que le paysan avait éloignés du monde, au-dessus des falaises où le vent pétrit la roche. Il les avait menés jusqu'à l'Éden improvisé puisqu'il n'y avait nul autre espace sur Terre pour accueillir de telles âmes. Libérés du rythme des horloges, les enfants avaient grandi plus vite. Les chiens autour d'eux s'étaient reproduits pour les protéger et former la meute. Prisonniers de l'air, absents du temps, l'homme et la femme avaient pris de la hauteur, féroces au-dessus des villes et des villages.

Paulo, avec toute la pluie accumulée, avait négligé ses origines à l'instar de la femme labile qui le guidait sur les rochers. Il avait effacé de sa mémoire son prénom et les années passées auprès du père à la main lourde puis auprès du brave Calvetto. Sa barbe depuis avait poussé. Ses cheveux aussi. Son corps entier s'était développé. Il était devenu immense, massif. La femme à ses côtés marchait été comme hiver, nue, presque animale. Elle se moquait du froid, des directions et du soleil. De temps en temps, elle s'arrêtait en chemin pour s'allonger sur un tas d'herbes sèches ou sur des pierres à l'ombre. C'est elle qui choisissait le moment. Elle se couchait sur le sol puis écartait ses cuisses sans se soucier de la pudeur. Belle et menaçante statue de jour, elle réclamait son dû, l'amour, le sexe de l'homme qui devait immédiatement pénétrer en elle.

Après des années d'étreintes, de repas pris sur des carcasses brûlées au feu de bois, leurs dents avaient noirci comme leurs ongles, comme leurs pieds, comme leurs regards qui rassemblaient la folie de leur siècle. L'Éden était devenu leur enfer mais ils vivaient mieux là-haut. Loin des contraintes humaines et de l'abominable civilisation. Entre eux, ils n'avaient érigé aucune règle. Ils possédaient l'ombre, le souffle de l'autre. Guidés par la chair et l'instinct, ils s'unissaient le jour, sous la lueur pâle des clairs de lune aussi, mais jamais le ventre de la femme ne s'était arrondi. Ses seins étirés devenaient lourds, pourtant. Avec l'âge, elle désirait plus que tout la maternité, ce que la nature lui refusait.

L'homme avait mis du temps pour comprendre son envie. Il n'avait reçu aucune éducation. Retournant à la maison noire, il avait dit :

« Aide-moi, vieux paysan. »

Il était certain que les désirs de la femme leur échappaient. Ils ne comprenaient pas d'où venait son besoin de douceur, sa nécessité d'attirer à elle une bouche plus innocente.

Mais il lui fallait un enfant. Elle l'avait montré avec ses mains. En elle, rien ne vivait.

Rien.

Que devaient-ils faire ?

« C'est de leur faute à eux ! s'était tout à coup exclamé le paysan. À force d'avoir mordu dans son ventre, si fort, ils nous l'ont rendue stérile comme le désert et l'acier… Honte à eux ! »

Paulo avait tapé du poing sur la table.

« Honte à eux ! » avait-il fait à son tour sans saisir la gravité de ses paroles.

Solides comme des rocs lorsqu'ils abattaient la pioche, les trois jours suivants ils avaient travaillé au champ, s'inquiétant du sort de celle qui marchait autrefois nue sur les sommets et qu'ils avaient laissée seule là-haut.

« Retourne la voir, avait dit le vieil homme au matin du quatrième jour. Va lui porter secours. Je crois qu'elle est capable de marcher près des falaises… Enfant, elle se penchait au-dessus du vide… Va… De mon côté, je trouverai une solution. »

Sans plus attendre, Paulo avait quitté la maison noire avec un sac contenant des vivres, des vêtements chauds et une vieille couverture dont le paysan ne se servait plus. En cette période, les nuits devenaient fraîches. Au coucher du soleil, l'humidité s'infiltrait dans les chairs. Des gouttelettes d'eau se déposaient insidieusement à la surface de la peau pour se propager jusqu'aux os. Le duo sauvage moins résistant qu'avant se protégeait de la froidure en dormant l'un contre l'autre dans une cabane construite face à deux chênes millénaires dont les troncs avec le temps s'étaient creusés pour abriter une faune secrète qui se mettait en mouvement uniquement la nuit, lorsqu'il n'y avait plus aucun bruit. Lucioles, musaraignes, belettes, chouettes blanches, grands ducs défilaient avec légèreté – sentinelles silencieuses de la forêt.

À cause des ombres furtives qu'ils discernaient sous la lune, il arrivait que les chiens se mettent à courir et à aboyer avec frénésie contre ces intrus.

Alertée par la brusque agitation, la femme se précipitait hors de la cabane pour considérer les arbres face à elle mais, ne voyant rien, elle retournait se coucher, persuadée que de grands esprits peuplaient les deux chênes majestueux.

Enfant, elle n'avait entendu que cette histoire. Personne ne lui avait parlé des contes de fées. Sa voisine de palier, Ornella Riviera, qui tirait les cartes et lisait l'avenir dans les lignes de la main, lui avait raconté qu'il existait partout dans le monde des fantômes pareils à des dieux, lesquels se réfugiaient sous l'écorce des grands arbres pour surveiller en toute discrétion les hommes. Attrapant la main de la fillette, la diseuse de bonne aventure lui avait annoncé : « Toi, tu rencontreras un jour les dieux-fantômes de la montagne. Ils t'attendent. Lorsque tu les reconnaîtras, mon enfant, tu sauras que tu n'auras plus rien à craindre. Tu te seras enfuie loin d'ici pour aller dans un endroit où l'on te protégera. » Elle avait retenu ces mots, la seule douceur, la seule attention qu'on lui avait accordée durant l'enfance comme un réconfort, unique lumière dans l'obscurité des premières années passées entre les murs sombres de la ville moderne. Depuis la prédiction, elle examinait avec attention sa paume, se demandant ce qu'on pouvait y trouver.

Il y avait sur la peau des sillons, des parcours, des messages indéchiffrables. Avec l'âge, d'autres signes étaient apparus. Une épaisseur, des callosités et des blessures supplémentaires que l'eau de la rivière ne parvenait pas à apaiser. Elle buvait dans le creux de sa main, portant le liquide jusqu'à ses lèvres brûlées. La sensation était désagréable, cependant elle s'y était habituée. C'était l'eau glacée des hautes montagnes, celle qui creusait la roche et fendillait la bouche des femmes errantes. Fallait-il pour se sauver qu'elle aille chercher au-delà des sommets quelque dieu subsidiaire, des esprits magiques qui soulageraient en un souffle la douleur des boursouflures ? Où êtes-vous ? demandait-elle lorsqu'elle repensait à l'enfance volée, au temps arraché par les mains destructrices et violentes des hommes. Puis, détournant son regard, quittant la rivière, traversant les buissons en courant, marchant sur les pierres tranchantes, avant de retourner dans la cabane, elle s'arrêtait devant les deux grands chênes creux.

« Hé ! Ho ! Ho ! » se mettait-elle à hurler pour les appeler.

Tout à coup, des oiseaux – nuée d'étourneaux effrayés – s'envolaient.

À leur tour, les chiens hurlaient, accompagnant leur maîtresse dans cette symphonie fictive. Cela ne servait à rien mais la femme ne pouvait réprimer le cri. La souffrance s'imposait à elle. Et si elle ne l'exprimait en paroles, elle trouvait le moyen d'en avertir les roches, d'en avertir les fleurs, d'en avertir le soleil et le grand vide – à défaut de l'humanité entière.

Qu'espérait-elle ?

Elle attendait que surgisse du néant l'équilibre, elle guettait sous l'écorce et sous son ventre la silhouette qui jamais ne venait.

Déjà, elle connaissait son sourire, ses joues, ses yeux, ses cheveux doux comme les robes en soie de son ancienne voisine de palier… Jamais elle n'avait eu de poupée mais elle était prête à le consoler. Elle attendait ses petits doigts, ses lèvres. Elle aimait son odeur, son rire, sa joie…

S'il était là, maintenant, elle l'embrasserait de sa bouche gercée, cela le piquerait, le chatouillerait, qu'importe…

Les enfants aiment les baisers d'une mère.

« Hé ! Ho ! » hurlait-elle à nouveau avant de se mettre à danser parmi les chiens et les ravins du pays isolé.

NEUF ANS
(L'ÉCOLE)

Répétition générale sur la colline de Crussol. Le grand jour approchait.

Devant leur école, un autocar les attendait, garé le long du trottoir. Son conducteur, que les enfants appelaient par son surnom, était un monsieur chauve et moustachu, à la figure joviale. Cela faisait des années que *Manu-le-chauffeur* trimballait dans son véhicule des classes entières, depuis les bambins de maternelle jusqu'aux grands du lycée. S'il ne transportait pas d'élèves, il se déplaçait pour diverses structures : des colonies de vacances, des clubs sportifs, des associations, des centres aérés. Manuel De Sa Pereira connaissait les routes de la région comme sa poche. Il avait appris par cœur les chansons qui faisaient rire les gosses. Surtout, il savait comment animer le moindre trajet. Dans son bus, sous le rétroviseur central, il avait suspendu une corne de brume. Avant de s'élancer sur le bitume, il appuyait dessus. Broum ! « Vroum ! C'est parti ! » fanfaronnait-il. Ses deux mains posées sur le volant à la manière d'un pilote de Formule 1, il était heureux de conduire la jeunesse où elle désirait aller. De cette façon, il se sentait utile. En accompagnant des gamins vers tous les terrains de jeux du monde.

Après chaque départ, le gros Manu attendait la fameuse chanson. Il y en avait toujours un pour reprendre le refrain :

Chauffeur, si t'es champion
Appuie, appuie
Chauffeur, si t'es champion
Appuie sur le champignon !

La journée s'annonçait bien. Il faisait déjà chaud. Dans le bus, Mme Drumont s'était assise à l'avant, à proximité du conducteur et de la fenêtre ouverte. Cauchon, quant à lui, s'était installé deux rangées derrière elle. Il redoutait les courants d'air qui le rendaient malade, le faisant éternuer même en été. Un groupe de garçons qui n'étaient pourtant pas les plus turbulents de la classe avait pris possession des cinq sièges du fond. C'étaient en général les places prisées par ceux qui avaient prévu de faire des bêtises, à l'abri des regards des adultes et tout près de la grande vitre arrière. Ainsi, pendant que le reste de leurs camarades chantaient avec Manu « une souris verte… un escargot tout chaud » qu'ils voulaient mettre dans leur culotte, eux se retournaient en direction des automobilistes qui suivaient l'autocar pour leur tirer la langue et organiser un sacré concours de grimaces. De quoi échauffer une bonne femme outrée de voir ces sales mioches se moquer d'elle avec autant d'impertinence. Derrière le volant de sa Citroën blanche, elle leur adressait de grands gestes. « Arrêtez ! Arrêtez ! »

s'indignait-elle en leur faisant comprendre qu'elle leur foutrait une claque si elle le pouvait. Amusés par sa réaction aussi inattendue que dramatique, les gamins redoublaient d'efforts pour l'énerver davantage. C'était à qui loucherait le mieux, à qui toucherait son nez avec sa langue, à qui étirerait le plus sa bouche avec ses doigts, à qui gonflerait ses joues comme un crapaud, le tout au milieu des rires et de leurs mains qui s'agitaient face à une telle réussite. Enfin, l'autocar de Manuel De Sa Pereira vira tout à trac sur la droite, semant la Citroën. Le véhicule s'arrêta quelques centaines de mètres plus loin, sur un grand terre-plein.

« Tout le monde descend ! » lança le chauffeur en faisant retentir de nouveau sa corne de brume.

Broum !

Mme Drumont se leva, tapa dans ses mains.

« On descend, fit-elle d'une voix plus autoritaire, on se range deux par deux, et en silence ! »

Après avoir vérifié dans le rétroviseur qu'il ne restât personne à bord, *Manu-le-chauffeur* salua cette fois d'un coup de klaxon les élèves et leurs instituteurs.

Il reviendrait les chercher en début d'après-midi, après le déjeuner.

Il y avait une petite trotte à faire sur les chemins en terre parmi les campanules et les catananches bleues, les chèvrefeuilles et le liseron. D'humeur joyeuse, même si leur chauffeur n'était plus là, les élèves entonnèrent tous en chœur : « Un kilomètre à pied... ça use, ça use... Un kilomètre à pied, ça use les souliers ! »

Ils étaient heureux de quitter les bancs de l'école pour se retrouver au grand air, loin des cahiers d'exercices et du tableau noir. Ce n'était pas encore les vacances mais la journée y ressemblait. Devant eux, Mme Drumont – qu'ils voyaient rarement habillée de la sorte, en jogging et en baskets – rythmait la marche. Elle menait tambour battant sa classe vers le sommet, direction les ruines de Crussol, tandis que derrière eux, peu habitué à l'exercice physique, Cauchon peinait à les suivre.

« Je vous surveille les enfants, se justifiait-il auprès de ceux qui s'arrêtaient pour l'attendre. Allez, allez, on y va... avancez ! »

Le remplaçant de Mme Drumont prenait sur lui, tentant de faire bonne figure, ce qui ne l'empêchait pas de s'en vouloir pour ses nombreux abus nocturnes, pour les tonnes de cigarillos qu'il fumait le soir devant la télé ou devant ses livres, emporté par ses insomnies parfois jusqu'à cinq heures du matin. Une mauvaise habitude qu'il devait se résoudre à perdre au plus vite car la pratique sportive s'imposait à présent à l'école dans les nouveaux programmes d'enseignement comme activité de référence et de support. La gymnastique, le football, le rugby, les courses de relais étaient censés supplanter les simples jeux récréatifs tels que la balle aux prisonniers ou le passage des ponts qui avaient pourtant marqué durablement des générations d'élèves. D'une manière officielle, on tentait d'inciter les enseignants à devenir des modèles à la fois pour le corps et pour l'esprit.

Mens sana in corpore sano.

Avec son mètre soixante-quinze et ses cinquante-huit

kilos, son cœur qui tapait à deux cents en montée, son envie de recracher ses poumons au moindre effort, le jeune Cauchon avait conscience de ne pas constituer le meilleur exemple pour les gamins qui le devançaient d'un bon pas. La faute à ce nom de famille à la con, songeait-il en tentant de reprendre son souffle. À cause de son patronyme, enfant, il avait enduré tant de moqueries de la part de ses camarades qu'un jour il avait décidé, comme une promesse faite à lui-même face au miroir de la salle de bain, de ne plus jamais prendre le moindre gramme. Il en avait eu assez d'entendre à la cantine qu'il allait devenir gras comme un cochon – « oh le gros cochon, regardez, vas-y mange, mange, goinfre-toi, mon groin-groin, mon bon cochon ! » – et s'était fâché de manière définitive avec tout ce qui ressemblait à de la nourriture. Aussi, en remplacement, pour s'occuper l'esprit à autre chose, s'était-il mis à fumer très jeune, à l'âge de dix ou onze ans, emportant partout avec lui ses livres de Sir Arthur Conan Doyle et ses paquets de cigarettes, ce qui lui permettait de se tenir à une distance raisonnable des insultes et de la cruauté des autres enfants.

Vu son expérience traumatisante de l'école, il était légitime de se demander pour quelle raison il n'avait pas fui une fois adulte vers les étages d'un building pour s'enfermer jusqu'à l'âge de la retraite dans les bureaux d'une quelconque administration, au lieu de s'acharner à rester auprès de ceux qui continueraient à se moquer de son nom.

« Ça va Monsieur ? »

Devant lui, la jeune Lucie Barnier avait abandonné le groupe pour l'attendre. La fillette ne dit rien de plus mais paraissait inquiète, comme si elle cherchait à comprendre ce qui le tourmentait. À son approche enfin, elle lui sourit puis lui tendit la main, innocemment, demandant ou offrant par ce geste un soutien.

« Bien sûr que ça va… Regarde, c'est une bien belle journée… Viens vite, les autres nous attendent ! »

Sentant dans sa main les doigts fins de la petite Lucie, Antoine Cauchon n'eut plus de doute. Il n'avait pas choisi ce métier par hasard. Il voulait sauver ces enfants, à défaut de s'être sauvé lui-même.

Il voulait les mener le plus loin possible. Leur dire, quoi qu'il arrive, de ne jamais s'arrêter en route.

JOUR D'IMPATIENCE (LA SALLE D'ATTENTE)

Emmitouflée en plein milieu de l'après-midi dans sa robe de chambre, la mère assommée par les antidépresseurs qu'elle prenait depuis plus de douze ans avait à peine écouté ce qu'on lui avait annoncé au téléphone.

« Appelez plutôt mon fils », avait-elle dit avant de raccrocher.

Le lendemain, Thibault Poittevin s'était pointé au commissariat à l'heure prévue. À l'entrée, une jeune femme en uniforme qu'il n'avait jamais vue auparavant l'avait accueilli par un « patientez ici s'il vous plaît ». Dans le hall, après s'être trouvé un siège libre, le frère avait attendu qu'on vienne le chercher. Devant lui, sur une table basse, on avait laissé des magazines à disposition. Par curiosité, Thibault s'était saisi des deux premiers de la pile. Habillées de strass, portant des bijoux hors de prix, des vedettes du grand écran trônaient en couverture. Rien que de belles réussites. On ne parlait que de tapis rouges et de cérémonies. Tout semblait si merveilleux. En particulier à Cannes pour le festival. Thibault toutefois n'avait pas le cœur à approfondir sa lecture. Il était trop préoccupé par son rendez-vous pour se mêler des potins. Il remit les magazines people à leur place, fixant son attention sur le néon qui grésillait au-dessus de sa tête, signe qu'il n'allait pas tarder à rendre l'âme. Il y avait visiblement beaucoup de poussière sur le tube. Le ménage venait d'être fait pourtant, ça se voyait au sol, on avait même nettoyé les plinthes – mais ce qui était en hauteur avait été négligé depuis pas mal de temps.

Au bout de quarante-cinq minutes à attendre les bras croisés, la tête appuyée contre le mur, on vint le tirer de son demi-sommeil.

« Monsieur Poittevin ?

– Oui…

– Suivez-moi. »

Quelques pas en direction d'un bureau à l'autre bout du couloir. Le temps paraissait s'être figé. On n'entendait que le bruit des semelles en caoutchouc qui faisaient ploc ploc. Tant d'attente pour découvrir si quelqu'un avait enfin avoué son crime.

« Monsieur Clerval, ça vous dit quelque chose ?

– Vaguement…

– Monsieur Clerval. Un ancien voisin qui habitait à l'époque dans le même immeuble que vous, au rez-de-chaussée.

– Oui, je m'en souviens… On le croisait de temps en temps… Quand il entendait du bruit dans le couloir, dès que quelqu'un ouvrait sa boîte aux lettres, dès que des gosses parlaient trop fort devant l'ascenseur, il entrouvrait sa porte pour voir ce qu'il se passait… C'était un type étrange… un vrai de vrai. Il ne disait jamais bonjour à personne, et si on le regardait, tout d'un coup, il refermait sa porte puis s'enfermait à double tour… Monsieur Clerval… Ce serait donc lui ?

– Non, simple suspect… Pour tout vous dire, on en doute fortement. Mais vous savez, nous ne négligeons aucune piste.

– Jamais.

– Nous ne voulons pas vous donner de faux espoirs…

– Surtout pas.

– J'imagine que vous voulez savoir ce qu'il a dit…

– Surtout ce qu'il a fait.

– Eh bien, voilà… D'abord sachez que votre ancien voisin est interné pour troubles psychiques depuis huit ans.

– Donc, tout est possible.

– Exact… Il y a deux jours, alors qu'il était contentionné dans son lit, il s'est mis à hurler à la mort.

– À la mort.

– Je suis un assassin ! Un assassin ! répétait-il. Menez-moi à la police !

– Alors on l'a emmené ici ?

– Non. Nous sommes allés le voir. Nous avons obtenu des permis, des autorisations, des papiers, tout le tsoin-tsoin pour pouvoir l'interroger parce qu'il a cité le nom de votre frère…

– Vous voulez parler de Romain ?

– Ne m'interrompez pas, je vous en prie. À ce rythme-là, nous y serons encore demain.

– Cela me semble long.

– Il ne faudrait que les faits… Le vieux fou nous a dit

qu'il a longtemps séquestré votre frère, Romain, avant de finir par l'étrangler.

– Mort par strangulation donc.

– Donc.

– L'affaire est ainsi résolue ?

– Nous n'avons pas retrouvé son corps… L'homme nous a menti. Vous devrez encore chercher quelques années. Un siècle ou deux encore.

– Cela paraît très long.

– C'est ainsi… Passez une belle journée, monsieur Poittevin.

– Merci, monsieur le policier. Permettez-moi cependant de vous dire avant de partir que ce n'est pas la première fois que vous trouvez un suspect. Il y a d'abord eu le chauffeur du bus, Manuel De Sa Pereira, interrogé et encore interrogé, puis le pauvre instit traumatisé qui a stoppé sa carrière avant même de l'avoir commencée, puis plus tard, un sacré beau connard du genre hurluberlu qui s'adonnait à des attouchements sur mineurs mais qui par un heureux hasard n'avait pas croisé la route de Romain. Puis maintenant l'asile avec le vieux Clerval qui hurle… De quoi devenir fou… Avec tout ça, c'est sûr, rien n'est vrai !

– Non, rien n'est vrai évidemment, monsieur Poittevin. Patientez. Tout vient à point à qui sait attendre. »

Dans le hall, le néon venait de griller. La jeune femme de l'accueil soudain apparut.

« Désolée pour l'attente, monsieur Poittevin, s'excusa-t-elle, il y a eu une urgence… Enfin, c'est à vous… Suivez-moi. C'est juste en face, au bout du couloir. »

FRÉDÉRIC
(LA COLLINE)

Frédéric avait dit la vérité, c'était à cause de la sorcière. Il l'avait vue. La vieille dame toute fripée vivait dans une cabane à Crussol, elle passait ses journées à remuer une grande cuillère en bois dans un chaudron magique.

« Qu'est-ce que tu racontes, Frédéric ? Pourquoi tu dis une sorcière ? Tu as vu quelque chose ?… Dis-le-nous… C'est important.

– C'est à cause de la sorcière, leur répétait l'enfant. On est allés la chercher quand les autres mangeaient… C'est pas ma faute s'il m'a suivi l'autre idiot… Bête comme ses pieds, *Mange-morves*… Moi je n'y aurais pas cru. »

Il lui avait dit :

« Eh ! Romain… regarde par là-bas ! »

Et son copain était parti à l'aventure. Pour voir la sorcière. Et la cabane, et le chaudron.

« Marche ! Marche *Crotte-de-nez* ! Va là-bas mais fais pas de bruit… Elle ne peut pas voir les enfants – c'est à cause de son œil maléfique qui ne voit que les grands. Toi t'es invisible. Si tu fais du bruit par contre, hop, elle disparaîtra ! Tu verras des tas d'écureuils se mettre à courir partout sur les branches et le long des chemins… Au secours ! Au secours ! Elle fera d'eux de la bouillie, de la compote pour ses vieilles dents… Soupe d'écureuils aux noix et aux orties… Plouf ! Plongés dans la potion… Avec un peu de potiron et une noisette de beurre…

– Pfff ! N'importe quoi !

– D'ac ! D'ac ! Ne me crois pas, on va aller là-bas… J'te dis qu'il y a une cabane… Viens ! C'est pas très loin… On en a pour deux minutes… Après on revient… Promis, juré…

– Craché. »

Il aurait fallu évidemment demander la permission à un adulte. C'était une bêtise de gosse, un truc que l'on faisait à huit ou neuf ans. Lorsqu'il mentait aux autres, Frédéric croyait ce qu'il disait. C'était comme créer un monde nouveau, et un autre le suivait dans ses idées.

« Où faut-il aller ?

– Juste là… Va voir… Avance tout doucement… Moi, je t'attends ici… N'oublie pas : quand t'arrives à la cabane, tu tapes trois fois… Toc toc toc… Elle te dira : Qui est là ? Réponds pas ! Bouge pas ! Elle ouvrira la porte mais ne verra rien… Qui est là ?… Bah, personne… C'est une sorcière qui ne voit pas les enfants… Alors tu vas dans la cabane. Et surtout tu ne fais pas de bruit.

– Viens avec moi.

– Non, je ne peux pas… J'y suis déjà allé une fois… Si j'y retourne, elle se souviendra de mon odeur.

– J'y vais pas tout seul.

– J'compte sur toi… Tu me raconteras… On n'a pas beaucoup de temps… Quand t'es dedans, cherche un flacon bleu !

– Un flacon bleu ?

– Ouais… avec des paillettes orange dedans… C'est de la poudre d'écureuils…

– Beurk !

– Oh ! C'est très précieux ! Avec, on pourra faire plein de choses tu vas voir…

– J'te crois pas !

– Si !… On deviendra invisibles tout le temps… On pourra s'élancer par les fenêtres. Voler comme Superman…

– Aller sur la lune ?

– Ouais, carrément !

– Promis ?

– Juré, craché. Si je mens…

– T'as intérêt !

– Vas-y vite ! Moi j'monte la garde ! »

Vite, vite. Le copain est parti. Romain a couru.

Il y avait bien une cabane.

Mais elle n'était pas ici.

C'était une cabane de chasseurs.

Mais pas ici.

Romain a couru. Frédéric a monté la garde. Le jeu était marrant. Partout dans le monde, il existe des passages secrets. Il suffit d'être un enfant pour les trouver.

Croix de bois, croix de fer. Si je mens, j'vais en enfer…

« Pourquoi lui as-tu raconté cette histoire de cabane ?
– Parce que c'est vrai !… Promis, juré.
– Il est parti vers où ?
– Vers là…
– Tu en es sûr ?
– Non… je ne sais plus… C'est peut-être la sorcière…
– La sorcière, Frédéric ?
– La sorcière aux écureuils…
– Dis-nous, tu as vu une dame ? Elle est venue vous parler ?
– Non, non ! Je n'ai vu personne.
– Vous n'avez croisé personne ?
– Personne… Moi, j'suis retourné voir les autres… Après je ne sais pas pourquoi, il n'est plus revenu. »

LES IMPUISSANTS
(L'AUTRE ENDROIT)

Elle écoutait la respiration de cet autre corps couché près d'elle. Elle regardait l'enfant sur son lit. Sous les couvertures, le fils n'avait plus peur, il avait laissé derrière lui les moments d'effroi, la stupeur, la violence de la première rencontre. Au fil des jours, il s'était habitué à son visage. Ils apprenaient, sans accouchement, à s'apprivoiser. En attendant, elle lui avait donné un prénom différent puisqu'ils ne parlaient pas la même langue. *Pietro.* Elle l'aimait. Il était venu sur le sommet, tombé du ciel, son tendre enfant. Sa consolation. Elle le regardait, elle replongeait dans des songes merveilleux ; des rêves dans lesquels elle devenait mère sacrificielle, déesse prête à donner sa vie, ses mains, sa chair pour protéger l'innocent qui dormait sur sa couche.

« *Mamma*, lui signifiait-elle en frôlant ses joues de ses doigts. Je suis là mon enfant, mon fils. Ma joie. »

Sono andata alla finestra
E ho visto il mio primo amor
Che parlava a un'altra ragazza,
Discorreva di far l'amor.

Elle chantait la *Fior di Tomba*, quelques paroles à peine retenues. Elle avait oublié avec les caresses le verbe des hommes, mais à présent avec l'enfant, elle voulait tout lui dire. Lui signifier l'importance des retrouvailles, l'indéfinissable lien, l'amour et la maternité reçue. Elle ne doutait pas que, malgré son âge, l'enfant l'aimerait en retour.

Pietro…

Pietro était apparu sur les rochers. Elle le gardait précieusement à l'abri, à l'intérieur de sa cabane. Le matin, elle lui apportait la nourriture, des fruits et des biscottes, et quand il avait fini son repas, elle l'autorisait à jouer dehors avec les chiens devant les deux grands chênes. Jamais plus, depuis le terrible jour de la tempête, l'enfant n'avait tenté de fuir. Il semblait avoir compris que sa maison était celle-ci, que les chemins autour, sans issue, ne le mèneraient nulle part. Au début, il réclamait des gens qu'elle ne connaissait pas. Un peuple fantôme qu'elle avait choisi d'ignorer. « *Mamma! Mamma!* » répétait-elle en se désignant elle-même avec l'index. Puis dirigeant son doigt vers la poitrine de l'enfant, elle lui indiquait : « Pietro. »

Belle prière du matin. L'enfant endormi ne se doutait de rien. Il avait cessé de compter les jours sur ses doigts, d'appeler la mère lointaine qui ne lui répondait pas. Il avait accepté de fermer les yeux, trop fatigué pour lutter, trop perdu pour chercher encore. Qui était cette femme ténébreuse penchée au-dessus de lui ? Et cet homme qui se tenait derrière son épaule ?

Il était arrivé ici sans savoir comment, à cause d'un mouchoir plaqué contre sa bouche. Il avait cessé de respirer.

L'odeur en moins d'une seconde l'avait assommé. Le noir, le vide. Il se souvenait avoir voyagé longtemps dans le coffre d'une voiture. Il avait perçu les bruits de la route, le crissement des pneus, le bitume, tac tac tac, il avait entendu pendant des heures l'autoradio, les chansons, les voix étrangères. Que se passait-il ? Il s'était fait dessus – ça lui arrivait parfois la nuit quand il dormait profondément. Pas en journée. Il avait voulu crier, demander de l'aide, taper des pieds pour sortir de là, voir le jour, pour respirer à nouveau. Puis il s'était souvenu de Frédéric. De la cabane et du géant. Peut-être que la sorcière l'avait entendu, peut-être qu'elle s'était cachée pour l'attendre et se venger de lui après avoir bouffé les écureuils… Elle allait le manger lui…

Romain Poittevin pensait à tout cela lorsque la lumière l'avait aveuglé.

« Sors de là », lui avait-on dit avant de le saisir par le col.

Et de nouveau, le mouchoir contre sa bouche.

Il ne s'était rien passé. Il s'était réveillé ailleurs. N'importe où. Avec un homme et une femme qu'il ne connaissait pas.

« *Mamma ! Mamma !* » entendait-il.

On l'avait appelé autrement. Un grand chien noir était venu lui lécher le visage. Il y avait des arbres. Et des montagnes. Et des rochers. Et du vide.

Un espace inconnu à perte de vue.

Pietro…

Belle prière du midi. Elle n'avait pourtant pas d'horloge. Elle avait oublié le nom des jours. Son enfant s'était habitué à elle. Un peu. Il levait les yeux, la regardait quand elle l'appelait Pietro. Joli garçon qu'elle emmenait à la rivière.

Elle allait là-bas pour boire, pour se déshabiller, impudique, et plonger dans l'eau où nagent les poissons.

Pietro.

Elle l'invitait d'un geste de la main à la rejoindre, à se baigner parmi les truites fario, les truites arc-en-ciel et les truites léopard, à tremper au moins les pieds pour disperser les nombreux gerris. Immobile sur la rive, l'enfant refusait. Il scrutait son horrible corps nu. Ses seins lourds, ses jambes abîmées.

La femme dans l'eau s'éloignait, toujours tournée vers lui.

Pietro.

Les araignées sur la surface se déplaçaient par mouvements légers et saccadés, comme de gros moustiques incapables de s'envoler. L'enfant saisissait un galet à ses pieds et le lançait dans la rivière. La femme riait.

La pierre avait frôlé son épaule.

Pietro.

Elle l'emmenait tous les jours là-bas parce que c'était l'été. Parce qu'elle aimait le voir se balancer et lancer des galets. L'enfant ne se baignait pas. Il accompagnait seulement la femme pour ramener ensuite une cruche remplie d'eau à la cabane. Cela faisait des semaines que Romain ne se lavait plus, devenant plus sauvage que les sauvages.

Sono andata alla finestra
E ho visto il mio primo amor...

Pietro.

Douce prière du soir. La main soulevait la mèche de cheveux sur son front. Pietro. Il y avait une marque qui indiquait où l'embrasser. Cicatrice brisée sur la peau. La mère y posait ses lèvres telle une réparation. Elle ne savait faire que ça. Des baisers comme un baume. Déclaration avant la nuit.

Avant le crépuscule et la danse pour remercier les grands dieux salvateurs.

Pietro
Pietro
Pietro...

La nuit elle dansait, ivre de son nouvel amour.

NEUF ANS
(L'AUTRE ENDROIT)

Attendre.

Il pensait qu'il fallait attendre, qu'on viendrait un jour le chercher.

Il pensait que sa mère, la vraie, l'avait puni. Trop de désordre. Marre de lui. On s'était débarrassé de l'enfant une bonne fois pour toutes. On l'avait donné à d'autres parents plus méchants.

Les siens étaient peut-être morts ?

Oui, voilà.

Il pensait qu'il faisait un rêve grandeur nature et qu'il allait bientôt se réveiller.

Il pensait qu'il ne dormait pas.

Il pensait à ne plus penser. Quelquefois, cela arrivait quand il jouait.

Il jouait de plus en plus souvent. Il avait toujours voulu avoir un chien.

Il cherchait le visage de sa mère. La vraie. Il pensait aussi à son père, à son frère, à sa sœur.

Il y avait beaucoup de chiens.

L'homme et la femme lui faisaient parfois peur.

Il pleurait de temps en temps.

Il trouvait cela bien qu'il y ait beaucoup de chiens.

Ici, on ne mangeait pas beaucoup.

Il se demandait s'il retournerait un jour à l'école. Il n'y avait pas l'air d'avoir d'école dans le coin.

Il aimait l'herbe. Les insectes dessus.

Il n'y avait pas de lumière le soir. Seulement des bougies.

Ici, personne ne l'embêtait.

Il pensait qu'il faudrait se laver.

Son zizi le brûlait.

Sa peau le grattait.

Mais l'eau l'affolait. L'eau, le courant.

Il se souvenait de Pont-en-Royans. Son père les emmenait souvent là-bas.

Ici ce n'était pas Pont-en-Royans. Il n'y avait aucune maison, aucun village, aucun restaurant. Il n'y avait même pas de pont. Rien, rien.

Il voulait manger une glace.

Il avait faim.

Il ne comprenait pas leur langue. Ils ne parlaient pas français.

Il se demandait où il était.

Il aimait la terre. Les arbres et les nuages.

Les gerris de la rivière étaient de drôles d'insectes. Leurs longues pattes flottaient comme des bouées à la surface de l'eau.

Pour boire, il fallait se servir dans la cruche.

Quand la cruche était vide, il fallait marcher, descendre à la rivière. Recommencer.

L'homme ne s'approchait pas beaucoup de lui. Il ne lui disait jamais rien. Souvent il disparaissait puis revenait avec des affaires, du miel et du vin.

L'homme buvait du vin. La femme, la nuit, dansait. Il l'entendait chanter. Il faisait semblant de dormir. L'homme se couchait tard. À trois, ils vivaient dans la cabane. Les chiens, dehors.

Il y avait cinq chiens. Pocha, Norka, Zibou, Hachka et Artan.

Trois mâles et deux femelles.

Il commençait à oublier son prénom. Son nom aussi.

Elle l'appelait Pietro.

Ça ne voulait rien dire.

Si ses parents étaient morts, il aurait fallu aller à l'église. Que faisait sa grand-mère ? Mettait-elle des cierges ?

Peut-être pensaient-ils qu'il était mort, lui Pietro quelque chose…

Plus personne ne pensait à lui.

Oublié.

Attendre. Attendre. Attendre. On viendrait le chercher. On le ramènerait. À l'ancienne adresse. Dans la classe de Mme Drumont.

Monsieur *Crotte-de-nez*.

Il entendait la voix de ses camarades. C'était l'été. Ils étaient en vacances.

On le ramènerait pour la rentrée.

Punition.

La femme nue. Il avait déjà vu sa mère ainsi. Quand il avait ouvert la porte de la salle de bain. Elle avait crié. « Ferme la porte ! »

L'homme partait chasser.

Des lièvres. Des carcasses pour les chiens.

Une fois il avait tué un sanglier. Petit. Un marcassin.

La nuit quand la femme dansait, les chiens aboyaient.

Il s'était levé. Il l'avait vue à travers l'entrebâillement de la porte. C'était la pleine lune. Elle était blanche. Tel un fantôme.

Ce devaient être des sorciers. Des magiciens. Des gens étranges.

On ne vit pas dans la forêt.

« Si, si », lui dirait Frédéric.

Son zizi le brûlait.

Sa peau le grattait.

Il s'était roulé dans la terre. Il était noir, partout.

Demain, il irait se laver. Mais avant, il lancerait des galets, des pierres pour effrayer les poissons.

Pour éloigner les truites fario, les truites arc-en-ciel et les truites léopard.

Son frère, dans l'encyclopédie, les lui avait montrées.

MME DRUMONT
(LES CHÊNES VERTS)

Dans son appartement, quand elle avait toute sa tête, elle conservait des piles de livres, des romans de gare, des romans à l'eau de rose, des manuels scolaires, des volumes anciens, des dictionnaires et des grands classiques. À vingt ans, en une nuit, elle avait lu *Les Hauts de Hurlevent* d'Emily Brontë. Elle ne sait pas pourquoi ce titre lui revient à l'esprit. Elle se demande, en fixant le plafond, s'il aurait fallu haïr Heathcliff. Au même instant, une mouche se met à tournoyer au-dessus d'elle.

« Qui vous a agressé, Polyphème ?

– Personne !

– Ah ! Ah ! Personne ? Voilà donc la ruse… Être plus malin que le plus fort ! Ah ! ma belle… Ulysse avait été condamné à errer comme un con dix ans sur les mers, toi sur le plafond, si tu avais vu ça le bordel parce qu'il venait d'entourlouper le Cyclope, fils du dieu Poséidon de mes deux… Mais ma petite, l'essentiel c'est d'avoir réussi à sauver sa peau ainsi que celle de ses compagnons… Comme on dit chez moi, mieux vaut être maudit que d'être croqué haché menu par un géant... Hé Mouchette! T'entends? Chut... écoute... Les enfants ne disent rien, cette absence de bruit, ce n'est pas normal... Peut-être qu'ils n'ont rien compris à cette histoire de Grecs et de malédiction... De toute façon, les géants dans la vraie vie, ça n'existe pas. Comme l'avait soufflé un jour le petit Antoine Mauriac à l'oreille du charmant Dominique Baudelaire, dans les livres, ce ne sont jamais eux qui gagnent. »

Bzz.

« Le voilà qui se pointe à son tour sur la peinture blanche. Fais gaffe à toi!

Bah ça alors, Mouchette! Ah!

C'est déjà la fin.

Ça, l'ombre que tu as vue, c'était mon oncle rieur, un oncle buveur, un oncle qui venait le dimanche chez nous à la maison dévorer de ses larges mains et de ses grandes dents les rôtis fumants de maman, les pot-au-feu, les bouillons, les pizzas surgelées et les McDo à deux balles... L'oncle Polyphème Drumont, c'est vrai, s'asseyait à chaque fois au bout de la table, face à moi.

Oh! Lui, tu ne peux pas imaginer ce que je l'aimais! Lorsqu'il nous racontait son illustre passé, l'oncle disparaissait tout entier plongé dans des expériences folles que lui seul avait connues. Entre deux bouchées de pain, il se glorifiait d'avoir survécu à la Grande Guerre... Répétition générale en fanfare toutes les semaines... Comment ai-je pu oublier?

Hé! T'envole pas.

Entre deux gorgées de vin coupé à l'eau, il nous exposait l'ignoble perte. Tu aurais vu l'index, le majeur et l'annulaire… Une explosion qui t'aurait flingué les ailes… Bim, les doigts disparus dans la nature, déchiquetés ! En même temps, pas de pot, le type à côté de lui en a perdu la tête, au sens propre, ma petite. Sa tête a subi lors de la déflagration un sort similaire aux doigts de mon oncle… Oh… Sacré oncle Polyphème, il étalait à table le manque au bout de ses mains, les détails sordides de l'histoire, les chairs massacrées, les lambeaux répandus dans l'air et après ça, fallait s'accrocher pour ne pas perdre l'appétit.

Gloups…

Mangez, mangez, les enfants ! Nous vivrons dangereusement mais joyeusement.

Oh, ce n'était pas un homme cultivé mais il était fier de nous dire qu'il avait lu deux gros livres dans sa vie quand il était tombé raide dingue de la jeune Lucette Garnier. Pour lui faire la cour, il s'était inscrit dans la bibliothèque où elle travaillait et il avait choisi au hasard des rayons la lettre R. Trouvant *Gargantua* et *Pantagruel*, il avait fait de Rabelais un exemple certain : « Foi de gentilhomme, il vaut mieux pleurer moins et boire davantage ! »

Mon Dieu, l'oncle Patrick-Patoche-Polyphème avait suivi ce conseil à la lettre, ce qui avait effrayé la petite bibliothécaire qui préférait de toute façon aux rots et aux bouteilles – on l'a appris plus tard –, la délicatesse des bouches féminines. Il est mort quand ? Je ne sais plus…

En 1958. Hier… On est quel jour, Mouchette ? »

À présent, figée dans un corps qui ne se déploie plus pour chasser les mouches d'une main, Mme Drumont joue avec le flux de lumière, ouvrant, fermant, rouvrant les yeux dans la chambre où, après les insectes volants, quelques sombres figures viennent lui rendre visite. Hommes et démons, tuyauteries à la main, lui versent à tour de rôle des substances translucides pour la maintenir dans un état second, entre le vivant et le presque mort. Fichu pour fichu, ils s'acharnent comme des bêtes à la garder près d'eux. « Respirez ! » disent-ils en enfonçant dans ses narines des bulles d'air reliées au mur. Ils ne se rendent pas compte que le stratagème, aussi efficace soit-il, ne sert à rien. Ils ne se préoccupent guère des marques violacées sur son cou, celles infligées par l'ogre parce qu'il n'avait plus d'enfants à manger. Pour calmer sa colère, elle lui a pourtant sacrifié sa classe entière, énumérant les prénoms de ses élèves, décrivant la singularité de leurs visages, la rondeur de leurs joues, le croquant de leurs petits doigts potelés. Pour plaire à l'ogre, elle a fait cet ultime effort, elle s'est souvenue du miracle de l'innocence, du temps où elle courait avec eux en jogging-baskets vers les ruines ensoleillées. Mais dans sa chambre, l'ogre est venu réclamer la perle rare. Après s'être délecté de l'ombre de Jasper et des farfadets lumineux, il s'est moqué avec outrance de ses prières, de ses sanglots inutiles et de ses remords. Enfin, après l'avoir écoutée, il a appuyé ses deux pouces monstrueux sur sa trachée. Jugeant qu'il serait capable de lui briser le cou, il s'est arrêté.

Les autres piquent fort dans ses artères parce qu'ils veulent mesurer le taux d'oxygène. On leur a appris que les chiffres permettent parfois de sauver les gens. Si elle pouvait leur parler comme elle s'est adressée à l'ogre cette nuit et à la mouche sur le plafond, elle les enverrait direct sur les roses, leur dirait qu'il est temps d'aller se faire voir chez les Grecs. Dites, messieurs, on ne peut même plus mourir avec aisance ? Zut...

Les voilà de nouveau inquiets. Le bilan n'est pas bon. Excès de potassium, de quoi dynamiter un cœur. Et l'oxygène. On a dit pas de réanimation.

Tant pis. Elle les laisse faire. Déjà sans doute envolée du côté du plafond avec Mouchette, elle cherche la lumière, la bonne direction. Ceux qui sont revenus de la mort décrivent avec précision des tunnels, leurs heureux défunts les saluant au bout, la grande traversée inachevée avant le retour express au royaume des vivants.

Si à l'accueil, Dieu ou saint Pierre lui demandent qui elle est, Mme Drumont leur dira, comme au géant :

« Personne. »

JOUR DE TENDRESSE (PRÈS DE LA FILLE)

Son chagrin attirait les filles. En séchant ses larmes, elles espéraient lui rendre son entière splendeur, prêtes à tout pour lui faire oublier le frère. Même nues contre son corps, elles sentaient qu'entre les draps, l'enfant vivait pleinement attaché au garçon qu'elles embrassaient. Romain Poittevin, neuf ans, s'accrochait à sa bouche fermée, à ses yeux détournés, à ses mains qui s'attardaient sur elles pour frotter leurs fesses et leurs seins d'une manière tranchante, presque culpabilisante, les forçant à gémir à la fois de honte et de plaisir. Lui, l'aîné, se vengeait de ne rien trouver sur leur peau, si ce n'était un vague sentiment de tristesse, un vide profond que leurs murmures convenus, rien que des banalités, comblaient à peine – comme la cigarette fumée au lit, les cendres répandues autour pour tout salir. Pourquoi venaient-elles lui chercher des poux sur la tête ? Pour Thibault Poittevin, la baise n'était pas un remède, elle faisait passer le temps. C'était un moyen comme un autre de croire à la jouissance, quelques instants, avant qu'elles ne se lèvent enfin pour ranger dans les tiroirs et les placards les photos et les articles affichés sur chacun des murs de sa chambre. Merde ! Elles finissaient toujours par lui parler de Romain d'une façon détestable, d'une façon qui le conduisait à les foutre à la porte et à n'aimer personne.

Puis, comme une évidence, un miracle dans ce désordre des corps, un jour il y avait eu Maëva.

Ils s'étaient vus la première fois à la caisse d'un supermarché, elle cherchait des pièces au fond de son porte-monnaie, s'excusait de ne pas avoir l'appoint. Alors, sortant un billet de cinquante francs plié en quatre, elle avait dit :

« C'est tout ce que j'ai. »

Juste après, Thibault Poittevin avait bredouillé quelque chose, une phrase qui avait plu même à la caissière. La fille lui avait souri. Ils ne s'étaient plus quittés. Chaque soir, ils s'étaient mis à marcher ensemble, côte à côte, le long du canal ou à travers des ruelles où de parfaits inconnus riaient, un verre à la main, sur les terrasses des bars, persuadés que la fête ne s'arrêterait pas, qu'il leur faudrait trinquer jusqu'à l'aube pour recommencer le lendemain. Eux marchaient, ils ne pensaient pas à la fête, ils voulaient que la nuit se prolonge indéfiniment, que leurs baisers échangés sur tous les bancs du parc Jouvet deviennent la promesse d'un avenir à deux. Elle lui parlait, en repoussant l'obscurité autour, de ce qu'il s'était passé avant, avant sa naissance à elle, du couple heureux que formaient ses parents, du moins l'imaginait-elle, elle voulait les voir amoureux pour se dire que rien n'avait été vain, que l'accident ne leur avait pas volé le reste, qu'ils avaient déjà tout pris, si jeunes, tout ce qui leur avait été nécessaire, qu'ils avaient su profiter des belles choses, de la musique et de l'amour, comme eux maintenant, enfin de tout ce qui était à la portée de chacun et qu'il suffisait de saisir. Assise sur l'un des bancs en béton du parc Jouvet, elle les voyait mourir satisfaits d'avoir mis au monde leur merveille, une si petite fille – leur plus belle réussite, disaient-ils. Ils étaient morts heureux, ensemble, à la même seconde, fixant tous deux la route devant eux, à moins que sa mère ne regardât en cet instant de son côté, la tête appuyée contre la vitre, les deux pieds reposant sur le tableau de bord, lasse de s'être levée si tôt, évoquant à cinq heures du matin le paysage qui défilait trop vite et leurs projets, ignorant tout du camion qui viendrait les percuter, ne laissant après le choc que de la tôle, une orpheline et sa grand-mère inconsolable.

Maëva était entrée dans la vie de Thibault Poittevin, frêle avec ses élucubrations peu satisfaisantes sur son passé, forte avec ses idées insatiables sur l'amour. Dès le début, elle l'avait encouragé dans ses recherches incertaines, l'incitant à la poursuite. Il fallait trouver une réponse, n'importe laquelle, pour continuer à vivre. Le destin de Romain ne pouvait rester dans l'ombre, même dix ans, même vingt ans, même cent ans après.

Elle avait passé le plus clair de son temps à se poser des questions à propos de ses parents. Elle savait qu'elle n'obtiendrait pas la bonne réponse.

Pourquoi eux ?

Même le ciel l'ignorait.

« Mais toi, lui disait-elle, tu dois chercher, le dénouement existe : Romain a atterri quelque part… Mort ou vivant. Un jour, tu sauras enfin pourquoi, tu connaîtras la raison même s'il faut attendre la veille de tes quatre-vingt-dix-neuf ans. La suite dépendra de toi, de ta détermination. »

Elle lui promettait de ne pas compter les pleurs, d'attendre avec lui, de tenir sa main qui vieillirait dans la sienne. Elle lui assurait qu'elle ne le laisserait jamais seul dans les moments où la douleur, plus vive, reviendrait.

« Moi, ajoutait-elle, je veux bien souffrir avec toi. »

Il aimait sa main, les dimanches avec elle. La courbe de son dos. La forme de ses fesses, le soleil sur sa peau. La pluie derrière la fenêtre. L'été. L'hiver. Il restait des heures à la regarder. Elle dormait avec lui, quelle que soit la saison, à peine protégée par un drap mal repassé et bien qu'il connût son corps par cœur, il comptait pour les admirer ses jolis grains de beauté, ses taches de rousseur, toutes ces choses délicates parsemées sur elle, jamais rien d'identique, des petites perles colorées sur la blancheur exotique de son derme. Son père était un homme des îles, lui racontait-elle lorsqu'elle ne dormait pas. Il était né à Papeete, loin d'ici. Elle ne connaissait pas Tahiti mais quand elle y pensait, elle se disait qu'il lui faudrait un jour s'y rendre, pour tenter de remonter aux origines.

« Ce serait une belle destination… Toi, où désires-tu aller ? »

Quand elle lui parlait de son père, Thibault ne répondait pas. Lui, ce n'était pas une île qu'il cherchait. Mais une possible reconstitution. Il se demandait à quoi ressemblait le frère après tant d'années. Sur les photos, Romain avait neuf ans. Parfois moins. Pouvait-on mourir à neuf ans ? Si seulement il y avait eu un camion, des faits, une signification… Que dire ? Lui aussi voulait remonter aux origines, pour éviter la séparation. Dès que le besoin s'en faisait sentir, il partait s'enfermer des heures dans son bureau avec les albums photo laissés par son père qui aurait été capable, un soir de rage et de folie, de tout brûler, admirant, pensif, les grandes flammes dans la cheminée – pour Michel Poittevin, la mémoire devait s'effacer. Il n'avait plus photographié personne. Il n'y avait plus eu de fête, plus d'anniversaire, rien… Les enfants avaient grandi mais depuis Crussol tout s'était arrêté. On n'avait plus pensé à apprécier les jours d'après parce que cela ne se faisait pas d'y penser encore. Plus de joie après Romain.

Plus de famille non plus.

Il restait Mme Drumont, bien sûr, mais la vieille dame ne pouvait plus recevoir Thibault chez elle le mercredi. À cause de ses analyses médicales, on l'avait traînée dans une maison de vieux à l'écart du monde pour qu'elle y finisse sa vie, pour qu'elle puisse y crever sans déranger personne, comme ces autres moribonds autour d'elle, atones, fatigués, croupissant dans des fauteuils roulants ou gémissant dans des lits en attendant la venue de quelqu'un, de quelque chose, d'une réponse, de n'importe quoi qui tardait à venir. Bienvenue aux Chênes verts.

Dans des couloirs déversant des odeurs d'urine et de mort, des jeunes femmes souriaient aux visiteurs, soulagées de voir que les résidents dont elles s'occupaient n'étaient pas totalement oubliés par leurs proches.

« Vous êtes le petit-fils de Mme Drumont ? »

La première fois, Thibault avait hésité à répondre. Sur le badge de la jeune femme, épinglé au-dessus de son sein gauche, il pouvait lire : « Lydia ». Quel âge lui donnait-il ? Dix-huit, dix-neuf ans à peine…

Lydia, immobile dans le couloir, lui souriait, un produit désinfectant à la main. Certainement pour ne pas la décevoir, Thibault Poittevin lui avait dit :

« Oui, c'est exact. »

Le mensonge était désormais fabriqué de toutes pièces. C'était peut-être plus simple ainsi. Cela évitait les explications. Mme Drumont n'avait jamais eu d'enfant. Mais Lydia n'avait pas l'air de le savoir.

« Elle parle souvent de vous… lui avait-elle confié. La nuit, elle vous appelle : Romain… »

Le prénom n'était pas le bon, ni la filiation. Qu'importe.

Lydia et les autres étaient trop jeunes pour vérifier une histoire déjà démodée. Les années avaient vite filé et depuis longtemps on avait oublié les visages sur les briques de lait. À la maison de retraite des Chênes verts, on se préoccupait davantage des vieilles personnes qui confondaient la nuit et le jour, le passé et le présent, les fils et les petits-fils, à cause de la dégénérescence cellulaire qui atteignait leur cerveau. Jamais on ne les contredisait. Ça les aurait affolées. On les laissait s'inventer de nouveaux repères, on ne les empêchait pas de s'accrocher à ce qui les rassurait, on ne chassait surtout pas les ombres, les défunts, les fantômes qui apparaissaient sous leurs yeux puis disparaissaient.

Thibault venait et restait des heures dans la chambre de

son ancienne institutrice à lui tenir la main. Jamais il ne lui avait dit qu'il lui en voulait. Ce qui n'avait pas été le cas de ses parents, lesquels à l'époque avaient envisagé de lui intenter un procès pour négligence. Il y avait eu depuis d'autres condamnations pour moins que ça. Dans les écoles, on faisait à présent remplir des formulaires, des tas d'attestations : « J'autorise mon enfant xxxx à prendre le risque de disparaître pour toujours. »

Thibault lui tenait la main comme s'il retenait quelqu'un suspendu au-dessus du vide. Au fil des jours, il voyait la vieille dame décliner. Dans la quiétude de la chambre 207 des Chênes verts, il se demandait ce qu'il ferait lorsqu'elle ne serait plus là pour lui. Déjà son esprit divaguait, son corps l'abandonnait. Et lui, sans vouloir admettre le changement, encore moins la vieillesse, il lui apportait des fleurs, des jonquilles, des camélias qu'il disposait dans un vase en opaline bleue sur sa table de chevet.

« J'aimerais, lui avait-il soufflé à l'oreille lors de sa dernière visite, vous annoncer une bonne nouvelle, vous dire : nous avons réussi, tout est pardonné… Vous m'avez expliqué si je m'en souviens bien, citant je ne sais plus qui, que la patience joue contre les blessures le même rôle que les vêtements contre le froid… Vous avez ajouté, en regardant la pie qui venait de se poser sur le rebord de votre fenêtre : Mon cher Thibault, je suis vieille mais vous, vous avez toute la vie devant vous.

Mme Drumont, vous souvenez-vous de cette pie – quel curieux oiseau ! – que vous regardiez, et qui ne voulait plus s'envoler ?

Ce jour-là, à travers la vitre, je sais qu'il est venu nous voir. J'avais à peine dix-huit ans. Je n'ai jamais pensé que c'était un adieu. »

DIX ANS
(L'AUTRE ENDROIT)

Il y avait l'air, le vent. Toute la douceur au bord des falaises. Norka courait devant l'enfant, lequel la poursuivait, riait, lui disait avec ses mots : « Attends-moi ! » tandis que l'animal s'élançait vers les oiseaux dissimulés par les hautes herbes. Mille étourneaux piailleurs apeurés par l'approche de l'énorme bête. En une fraction de seconde, ces derniers s'envolèrent, formant dans le ciel un imposant nuage de plumes et de becs.

« C'est moi le chasseur ! »

L'enfant s'arrêta net pour viser avec son bâton. Il fit semblant de tirer, d'atteindre une proie parmi des milliers : « Vlan, en voilà un ! » s'écria-t-il, victorieux. Et bien qu'il n'y ait rien eu de concret, le garçon se mit à rire, comme heureux d'avoir abattu un ennemi en plein vol.

Parce qu'il avait plu toute la nuit, la gadoue collait fortement à la semelle de ses chaussures. On y voyait dépasser par un trou assez large le gros orteil et, puisqu'il ne portait pas de chaussettes, partout des cloques s'étaient formées sur ses pieds, petites bulles de peau abîmée, mais lui ne sentait rien, si habitué au frottement et au manque de douceur.

S'appelait-il Romain ? S'appelait-il Pietro ?

Tous les repères géographiques avaient disparu ainsi que la famille d'avant : le père, la mère, le frère, la sœur. La chambre, celle aux murs blancs et au linge propre dans l'armoire : disparue. L'immeuble : disparu. La ville : disparue. Les gens : disparus. Tout ceci n'avait été qu'un rêve, une situation élaborée par son esprit. Norka courait devant lui, voilà la réalité, elle courait après la vie, après tout ce qui bougeait sur les hauteurs, et lui, il suivait son rythme, il suivait la cadence des pas d'un animal sauvage.

Norka et l'enfant ne se quittaient plus. Ils avaient presque le même âge. La rencontre s'était faite sur le tard. Ils s'étaient méfiés les premiers temps l'un de l'autre, en particulier des mains violentes et des crocs aiguisés. Ils avaient d'abord gardé la bonne distance, le recul nécessaire, chacun prêt à bondir pour échapper à l'attaque. Puis un jour, se montrant plus docile, la chienne s'était couchée sur le ventre. L'enfant s'était approché : « Chut, ma douce... N'aie pas peur... » Il avait posé sa main sur son crâne, il avait observé ses pupilles, le voile blanchâtre qui recouvrait ses yeux. À ce moment-là, Norka n'était pas encore aveugle. En se soumettant à l'enfant, elle lui indiquait ce qu'elle souhaitait : qu'il devienne son maître, elle qui n'en avait plus, perdue dans la meute affamée des chiens-loups et des bâtards.

Si des hommes avaient vu l'enfant et la vieille chienne errer près des cimes, ils auraient rapporté leur invraisemblable histoire jusque dans les villages. Ils auraient évoqué une étonnante amitié à laquelle personne n'aurait cru. Aux quatre coins du pays, des légendes seraient nées, filant de bouche en bouche devant les cheminées et leurs grandes braises, allumant dans les cœurs des désirs fulgurants de douceur et de liberté, des envies fabuleuses de terres primitives dominées par une nature heureuse. Homme, chien, oiseau, loup, tous laissés sur la même rive, se déplaçant côte à côte sans le moindre combat à l'horizon. Rome, répétait-on classiquement, ne s'était pas faite en un jour. Ses enfants sous le figuier avaient largement tiré sur la mamelle de la *lupa*, louve ou prostituée selon le point de vue ou l'humeur du moment. Ensuite était venu le temps merveilleux où la seule imagination suffisait à peupler l'univers. L'enfant aux deux prénoms marchait près du chien puisqu'il ne pouvait en être autrement, la femme dansait face aux grands arbres pour remercier les dieux naturels tandis que pour chaque nuit et chaque jour accordés le vent soufflait afin de déposer sur les sommets – il y a toujours des hommes qui attendent seuls sur les sommets – des voix ancestrales et des espoirs nouveaux.

Norka était une chienne guerrière, fourrure blanche et sang sur le museau. Elle avait vécu en Alaska, quatre ans, parmi les malamutes géants. Elle faisait partie du premier régiment des chasseurs de grizzlis, ce qui lui permettait d'être libre contrairement aux chiens d'attelage. Sa mission consistait à combattre les ours aux griffes dévastatrices pour protéger les hommes et leur fragile progéniture réfugiés dans de petites maisons de glace. On ne la voyait plus mais elle avait longtemps gardé sur le flanc gauche une cicatrice que son pelage dissimulait à présent. L'entaille avait été profonde. On avait pensé sur le moment que la chienne n'allait pas passer la nuit. Norka la guerrière avait perdu beaucoup de sang, beaucoup de chair aussi, mais cela n'avait pas été vain. L'agresseur, sous la lune de l'infernal hiver, y avait laissé sa peau, la gorge croquée, déchirée, ensanglantée. La chienne avait gagné. Être plus petit et plus agile était un avantage considérable. Les ours, bien qu'effrayants, bien que puissants, se révélaient être de monstrueuses bêtes lourdes et pataudes.

Une fille en peau de phoque était venue sauver Norka. Norka, la chienne guerrière, s'était laissé approcher même si elle n'aimait personne, vraiment personne, ni les ours qu'elle tuait, ni les humains qu'elle avait choisi de protéger. Cependant la fille en peau de phoque savait ce qu'elle faisait. Elle s'était présentée devant elle avec un pot en terre cuite contenant un mélange d'herbes rares du pôle Nord qu'elle avait appliqué directement sur la plaie afin d'arrêter le saignement. Ensuite, elle avait fait boire à Norka une potion d'écailles de poisson-pilote du Vietnam, un mauvais breuvage au goût d'oignon et de pomme de terre. Deux heures après, comme par magie, la chienne guerrière recouvrait ses forces. La blessure déjà se refermait. Norka semblait prête à se battre à nouveau contre les ennemis mais la fille en peau de phoque l'avait obligée à se reposer encore quelques instants sur sa couche pour profiter au maximum des bienfaits de la faible lumière du soleil.

Sur les terres blanches de l'Alaska, la chienne, nouvelle

amie de l'enfant, avait connu mille aventures extraordinaires, des rencontres sublimes avec des énormes cachalots grognons, des dauphins rieurs, des chiens errants, et des déboires plus ou moins intéressants avec des humains à la parole effrontée. Un jour pourtant, la sachant lasse des combats avec les ours, on lui avait donné l'opportunité de quitter la glace pour se rendre en bateau jusque dans le grand désert du Sahara. La quête du Soleil, selon les mots de la fille guérisseuse, demeurait l'expérience la plus enrichissante de l'existence. Elle avait assuré à Norka qu'il fallait se rapprocher de l'astre jaune pour se sentir définitivement chez soi. Sur le pont du bateau qui portait le nom de *Bel Oiseau gris*, la chienne guerrière, qui avait rendu les armes, avait donc fait la connaissance du capitaine Esperluète de Balthazar, pirate de renom, connu sur toutes les mers du monde pour avoir mis à mal un nombre incalculable d'ennemis avec son crochet et sa trentaine de canons. Grâce à ses multiples conquêtes, l'homme à la main de fer possédait des richesses inestimables, des trésors impressionnants dissimulés dans des endroits tenus secrets pour ne pas se faire dérober les bijoux, les couronnes, les pierres précieuses, les pièces d'or et d'argent qu'il avait lui-même volés aux plus grands rois. Sur le coup, Norka s'était demandé ce que l'on pouvait faire de toute cette fortune. C'était beaucoup pour un seul homme. Toutefois elle n'avait pas osé faire part de son avis au pirate qui n'aurait *a priori* pas compris cette remise en cause. Esperluète de Balthazar le proclamait haut et fort, il n'avait qu'un seul but dans la vie : amasser aux dépens des braves gens et des moins innocents le plus de trésors possible. Il voulait devenir le pirate le plus terrifiant de l'univers pour que son nom coure sur toutes les lèvres pendant des siècles et des siècles.

Esperluète de Balthazar !

Parmi les hommes de l'équipage, Norka s'était faite toute petite. Même si elle avait connu la guerre et les champs de bataille, il n'était pas question de se faire remarquer. Pour un mot de trop ou un geste mal interprété, pour le moindre rire ou un regard de travers, on avait envoyé à la mer, pieds et mains solidement attachés, des gaillards robustes. Plouf ! De quoi nourrir les requins qui rôdaient avec appétit autour du navire. Tous les jours, quelqu'un à bord servait de déjeuner, viande fraîche en livraison express. Un sens du sacrifice qui permettait aux hommes de croire que finalement la vie ne valait pas grand-chose. Puis, un matin comme un autre, tandis qu'elle dormait sur un tas de cordes emmêlées, Norka avait été réveillée par le son du clairon. « Terre à tribord ! » avait hurlé l'un des pirates. Sur le pont, on avait lâché le coq. C'était la tradition. La bête affolée, à moitié plumée, s'était alors mise à courir parmi les hommes qui s'étaient levés les uns après les autres pour regarder par-delà les flots. Ils étaient heureux. À midi, ils mangeraient du poulet, les deux pieds sur la terre ferme.

Ils avaient débarqué sur les côtes du grand continent africain. Norka ne connaissait pas sa géographie mais on lui avait dit qu'ils n'étaient pas loin de la Mauritanie, en Afrique de l'Ouest. Norka se souvenait que les herbes magiques qui avaient autrefois guéri ses blessures avaient été données à la fille en peau de phoque par un sorcier venu d'Afrique. Norka n'avait pas encore vu d'Africains mais elle était à présent sûre que ces gens-là vivaient dans le plus bel endroit du monde. Là-bas, le sable remplaçait la glace et le froid ne brûlait pas ses coussinets. Enfin, en quittant les rivages, elle avait vu les premiers habitants. Si peu couverts de tissus et marchant pieds nus sur les galets. Voilà ce qui ressemblait au bonheur, ils avaient tant pris le soleil que leur peau contenait toute l'énergie de la vie. Les enfants s'amusaient en plein air et non dans des igloos, des hommes en slip de bain ramenaient, suspendus à des lignes, d'énormes poissons argentés, et des femmes, foulards sur la tête, restaient assises à côté de morceaux de bois. À la place des chiens d'attelage, il y avait des ânes maigres qui tiraient avec paresse des chariots. Plus loin, dans les espaces infinis qui menaient jusqu'au désert, des animaux à cornes se déplaçaient entre les quelques arbres et les rares touffes d'herbe. Norka avait abandonné la mer et l'équipage du *Bel Oiseau gris* pour suivre un convoi qui s'apprêtait à rejoindre dès l'aube la route du Sahara. Leur voyage devait durer trente jours et trente nuits. Des dizaines de dromadaires patients et alanguis attendaient de les accompagner dans la promesse du sable. De toute sa vie, Norka n'avait jamais vu un tel spectacle. Ces animaux portaient sur leur dos le relief d'une montagne. Lorsque le soleil se couchait, à l'horizon, leurs bosses immenses formaient un paysage.

La chienne avait marché trente jours et dormi trente nuits avec les hommes du désert. Contrairement aux pirates, bruyants et impulsifs, le peuple du sable ne connaissait que le silence et la triste musique des instruments à cordes et des tambours faits de peau de vache et de bois. À travers leurs tendres mélodies, ils s'adressaient à la nuit, soucieux d'écouter en retour les réponses de la lune, puis sans rien dire, ils repartaient au petit matin vers les dunes derrière lesquelles se révélaient les palmiers nourriciers et les étendues d'eau miraculeuses. Suivant son instinct, Norka, venant du Nord, les avait accompagnés dans leur périple. Elle ignorait leur destination précise mais elle avait compris que les hommes du désert cherchaient une chose qu'on ne pouvait trouver qu'ici, parmi les grains de sable et la nuit étoilée. En les fréquentant un mois durant, tranquille à leurs côtés, elle avait entendu certains de leurs secrets. Dans l'infinité du désert, ils ne recherchaient ni la richesse des marchands ni la gloire des guerriers. Ils ne couraient ni après les trésors ni après la renommée, refusant de participer aux conquêtes meurtrières des autres hommes. Ils souhaitaient simplement vivre selon la tradition de leurs ancêtres. Sans chaîne, sans protection, sans rempart. Entièrement libres sur la terre mouvante et les dunes enchantées.

Pendant deux belles années, Norka la nomade s'était mêlée aux dromadaires et à leurs guides, décidée à rester avec eux dans le désert même s'il fallait pour cela connaître souvent la fatigue et la soif. Elle avait fait de nombreuses escales dans des villages où des enfants heureux s'empressaient de venir la caresser, éblouis par son pelage brillant comme le sable, par ses yeux semblables à la mer qu'ils n'avaient jamais vue. Le soir, puisqu'elle était l'invitée la plus extraordinaire, ils lui apportaient les restes du repas, des os longs et parfaitement moelleux que la chienne rongeait des heures durant. Les enfants s'allongeaient à ses côtés et la regardaient en souriant. Enfin repue et reposée, Norka appréciait leurs douces caresses, leurs rires et la nuit fraîche du désert.

Parfois avant qu'elle ne reprenne la route, un petit garçon ou une petite fille lui courait après, la suppliant de rester parce que ce n'était pas bien de partir aussi vite et aussi loin quand on commençait à peine à faire connaissance. « Ne t'en va pas », gémissaient-ils en la serrant dans leurs bras. Norka versait une larme. Puis sans même se retourner, elle rejoignait les hommes pressés de quitter la civilisation. « Chez nous, lui avait dit une nuit au son des tambours un vieux sage à la barbe longue, personne ne s'attache à personne. Nous voyageons ensemble, nous rencontrons beaucoup d'âmes sur nos routes, nous rions lorsque nous partageons la nourriture et la boisson. Nous vendons des étoffes et échangeons quelques biens. Nous conversons à propos du soleil et des tempêtes. Nous faisons l'amour si la beauté se présente à nous, si nos corps nous y autorisent encore, si la vieillesse ne nous a pas tout volé. Mais au fond, quelles que soient les circonstances, quels que soient les amis avec lesquels nous plaisantons, quelles que soient les femmes que nous aimons, nous sommes seuls comme le grain de sable au milieu du désert. Seuls et libres. Personne ne s'attache à personne. Ainsi nous nous envolons plus facilement au gré du vent. »

Norka s'était envolée plus tard avec un groupe d'Européens venus faire du tourisme dans la région. Pour ne pas la perdre et afin de la ramener avec eux dans leur pays, ils lui avaient mis autour du cou un collier rouge avec une petite médaille dorée gravée à son nom. Norka était fière d'appartenir à ces gens-là. Elle marchait la tête haute et avait fini par oublier les paroles du vieux sage dans le désert.

Qu'il est bon, pensait-elle, soulagée de ne plus avoir à verser de larmes au moment des adieux, de connaître des personnes avec qui rester pour toujours. Qu'il est agréable de former une famille, d'être unis par des liens indestructibles.

En plein vol, malheureusement, un des moteurs de l'avion avait pris feu, l'appareil perdait en altitude. Les Européens à bord n'avaient pas tardé à paniquer, conscients de ne pouvoir arriver à destination avec de telles flammes. Cramponné à son siège, l'un d'eux s'était lancé dans une longue prière : d'après lui, c'était le moment idéal pour s'adresser à Dieu. Intriguée, Norka observait de sa place ses lèvres remuer. Derrière le hublot, sous l'aile gauche, le feu prenait de l'ampleur. À présent, c'était certain, l'appareil allait finir dans le décor – puis boum… Que faire dans un avion qui menaçait de s'écraser à tout instant à part prier ? Les autres cherchaient de possibles solutions, criaient, pleuraient, tapaient des pieds, suppliaient le pilote de faire quelque chose parce que la vie ne pouvait pas s'arrêter, ce n'était pas prévu dans les plans. Finalement, au bout d'une minute, tandis que la carlingue se rapprochait dangereusement de la cime des pins, on était arrivé à la conclusion suivante : il fallait alléger au plus vite l'appareil pour que le pilote redresse l'avion et maintienne au mieux le cap. Dès lors, on avait largué sans plus attendre par la porte de secours les cargaisons jugées non essentielles à la survie.

Les petits souvenirs personnels, les bouteilles d'alcool et la soixantaine de cartons remplis de roses des sables que les hommes comptaient revendre en gros pour les différents marchés d'Europe. Adieu business !

Pourtant cela ne suffisait pas.

« Il faut encore larguer ! » s'était écrié le pilote.

Alors Norka avait senti tout à coup des mains l'empoigner et la balancer par-dessus bord.

Le vide.

La sensation était étrange. Jamais on n'avait vu un chien voler. Ses belles oreilles flottaient ainsi que ses larges babines.

FRÉDÉRIC
(LE LYCÉE)

Monsieur Ciantar, son professeur de philosophie, lui avait promis de rédiger une lettre de recommandation.

« Je vous préviens, il faudra vous accrocher, c'est beaucoup de travail, lui avait-il dit lors de la pause de dix heures, cependant je crois en vous, Martel. Vous en êtes capable. Si vous choisissez une autre voie, ce sera du gâchis. »

Après cet entretien qui lui avait fait rater les trois quarts de la récréation du lundi matin, Frédéric avait pris rendez-vous la même semaine avec le conseiller d'orientation, avant que ne débutent les congés de février.

Au menu des écoles préparatoires : colles régulières, soirées et week-ends à consacrer exclusivement aux révisions, vacances à rayer de son agenda. Deux années entières de sacrifices à prévoir. L'idée n'était guère alléchante. La pression, la compétition, l'excellence, c'était tout ce qu'il exécrait. Il ne comprenait pas quel plaisir on pouvait retirer à se faire tant de mal.

Après le bac, Frédéric se voyait plutôt déambuler les mains dans les poches au hasard des rues, pour regarder en sifflotant ses semblables, et en apprendre plus sur eux. Déjà, très jeune, il voulait voyager, ici, ailleurs, rencontrer les gens. Il avait fait sienne cette réflexion sur laquelle il était tombé un jour en feuilletant les *Sermons* pour un devoir : « Le monde est un livre et ceux qui ne voyagent pas n'en ont lu qu'une page. » En sortant du centre de documentation et d'information du lycée, sa décision était prise. Ferme et définitive. Saint Augustin avait parlé pour lui et l'exhortait à prendre la route. Délaissant ses bouquins et les conseils de Ciantar, il s'était mis à rêver de longues courses à travers l'Europe, de voyages en Orient, de périples dans le Cachemire. Il voulait tenir, comme tous ces écrivains qu'il avait pu lire, un carnet de bord afin d'y consigner ses impressions et ses souvenirs les plus importants. Tout ce qui constituerait à ses yeux l'essence même de ses déplacements. Rien que de l'exotisme. Le projet paraissait merveilleux.

Faisant les cent pas dans le couloir du troisième étage en attendant le prof d'allemand en retard, il s'était dit qu'il n'était plus possible de se contenter d'un cheval pour traverser le Périgord, le Limousin, le Val de Loire, la Champagne, les Vosges, la Suisse, la Bavière, la plaine du Pô, les Apennins, la Toscane comme l'avait fait Montaigne quatre cents ans plus tôt. On ne pouvait plus de nos jours emporter avec soi des caisses d'eau-de-vie, un vieux bijou de famille trouvé dans un tiroir, une étoffe en soie de piètre qualité pour embarquer sur un grand navire direction les Indes puis vogue la galère. Sans le moindre argent en poche, et le troc n'existant plus, Frédéric se savait condamné d'avance à errer sur le territoire national et ses proches frontières, faisant du stop pour se déplacer en journée et fréquentant le soir les auberges de jeunesse qu'il trouverait sur sa route.

La patience étant une vertu – il l'avait lu quelque part –, pour le moment il devait attendre de gagner sa vie pour voyager vers d'autres continents. Entre-temps, étudiant à la fac, il se tournerait vers les programmes Erasmus.

Apprenant la nouvelle le matin de la journée de l'orientation organisée au mois de mars, son professeur de philosophie, monsieur Ciantar, s'était arraché les rares cheveux qui n'avaient pas encore quitté son crâne. Il ne comprenait pas que le jeune Martel puisse décider à la dernière minute d'abandonner la philosophie, matière dans laquelle il excellait pourtant, et de privilégier les études de géographie, choisissant la fac plutôt que la prépa. Décidément, cette nouvelle génération n'avait plus envie de rien, surtout pas de faire des efforts. Il en avait vu passer des fainéants, des moins que rien, des gamins qui gaspillaient leur énergie à se tourner les pouces, à brasser de l'air, à gober les mouches pendant qu'il se tuait à leur faire cours, mais là, il le lui avait moult fois répété, Frédéric avait du potentiel. Il était fait pour ça.

Ne pas écouter ses conseils, c'était se tromper de destin. Ne pas viser assez haut, c'était vivre sa vie au ras des pâquerettes.

Frédéric ne cherchait pas un destin, il cherchait ce qui était le plus pratique pour organiser ses futures pérégrinations et connaître les mœurs et coutumes du monde. En décidant de quitter la région pour s'installer sur le campus de Nice-Sophia-Antipolis, le jeune homme souhaitait également se rapprocher de son grand-père qui vivait seul et loin de la famille depuis trop longtemps. Il avait tout calculé. En moins d'une heure trente, il le rejoindrait en prenant le train le vendredi soir, au plus tard le samedi matin. Il passerait ainsi tout son week-end avec lui à Fréjus, la ville où enfant il allait en vacances, avant de repartir à Nice le dimanche en soirée.

Son départ n'avait rien d'une fuite en avant. C'était plutôt un retour aux sources.

Bientôt le vieil homme fêterait ses quatre-vingt-six ans, à la fin de l'année. Qui sait combien de temps il lui restait à vivre. Frédéric espérait profiter de sa présence avant que la mort ne vienne s'en mêler.

DIX ANS
(L'AUTRE ENDROIT)

Norka lui parlait souvent des ours d'Alaska, des trésors et des pirates, du grand désert du Sahara, des avions et des moteurs, de toutes ces choses que l'enfant connaissait par cœur parce que son grand frère lui avait raconté autrefois des histoires identiques. Or, dans l'intimité de sa chambre, le soir avant de s'endormir, jamais il ne lui avait dit que si on se rapprochait d'eux – très près –, si on prenait le temps d'écouter leur respiration, l'oreille collée contre leur ventre chaud, les chiens avec lesquels on était amis pouvaient s'exprimer comme dans les livres et les dessins animés, qu'ils vivaient en réalité de la même façon que n'importe quel être humain. L'enfant avait découvert ce secret par lui-même depuis qu'il passait ses journées avec Norka. Après leurs longues balades, plus loin que la colline, la chienne lui parlait des ours d'Alaska, des trésors et des pirates, du grand désert du Sahara, des avions et des moteurs, mais elle écoutait aussi ses chagrins, riait lorsqu'il riait, s'endormait lorsqu'il s'allongeait tout contre elle.

Il n'y avait que la nuit qu'ils étaient forcés de se séparer. Norka n'était pas autorisée à entrer dans la cabane. On la chassait à coups de pied.

L'enfant n'aimait pas la femme de la cabane qui l'appelait Pietro. Il n'aimait pas ses embrassades, il détestait la voir se baigner nue certains matins lorsqu'ils allaient chercher l'eau à la rivière. Mais il s'était habitué à sa présence, depuis elle ne le surveillait plus, elle le laissait libre de ses mouvements. Il n'avait rien de particulier contre elle, de toute façon, il ne comprenait pas ce qu'elle lui disait, elle lui soufflait des mots étrangers et faisait de nombreux gestes. Ce qui suffisait pour vivre. Il y avait la nourriture qu'elle lui tendait, la main qu'elle lui passait dans les cheveux, les doigts qui soulevaient la frange. Il y avait les regards insistants, la cicatrice sur le front qui l'intriguait. Il y avait des nuits très longues qui venaient trop tôt, des airs souvent tristes qu'elle fredonnait. Il y avait des rapprochements des corps auxquels l'enfant ne pouvait échapper. Il suffisait d'ouvrir l'œil au mauvais moment, d'être réveillé par la brutalité de l'homme qui se frottait sauvagement contre la femme, au lieu de dormir, gémissant comme une bête dans l'étroitesse de la cabane.

L'enfant n'aimait pas l'homme non plus. Il sentait sa férocité, son hostilité, son instinct à défendre son territoire malgré les grands espaces vides autour d'eux. L'enfant était une bouche à nourrir, une de plus, il prenait de la place dans la cabane et dans les bras de la femme. Mais jamais l'homme ne le lui avait clairement reproché. Il se contentait de plisser les yeux, de marcher en serrant les poings, laissant dans la boue derrière lui les empreintes de ses pas lourds, géant se déplaçant avec colère, les épaules élargies par la force du travail en plein air. L'enfant connaissait à peine le son de sa voix. Il ignorait tout de lui, de son histoire, il savait seulement qu'il n'allait jamais se baigner avec eux dans la rivière, qu'il disparaissait plusieurs jours, plusieurs nuits, pour aller quelque part et ramener du chocolat, des fruits, des provisions que l'on conservait précieusement dans un placard à l'abri des mulots. À de nombreuses reprises, l'enfant s'était dit qu'il le suivrait, qu'il descendrait un matin avec lui en se cachant derrière chaque tronc d'arbre, se glissant dans la peau d'un espion. De cette manière, il découvrirait les secrets de l'homme. Pour mener à bien son opération, il lui aurait fallu dénicher une paire de jumelles, un talkie-walkie pour communiquer à distance avec Norka comme dans ce dessin animé dans lequel une bande de chats de gouttière, détectives privés, suivaient depuis les toits de Paris les déplacements nocturnes d'un gros bouledogue londonien et de son acolyte John Chihuahua, tous deux soupçonnés de trafic de saucisses. Or, dans le coin, rien à faire, il n'y avait que des scies, des clous rouillés, des outils inutiles. Aucune paire de jumelles. Aucun talkie-walkie. Faute de solution, l'enfant examinait les cimes, les pointes des montagnes qui formaient des zigzags à l'horizon. Il avait déjà tenté de partir au début, pensant trouver d'autres chiens, d'autres enfants qui envisageaient comme lui le bout du bout du ciel pour y découvrir une présence salutaire.

À chaque regard, les sommets reculaient – et le ciel immense et angoissant paraissait inatteignable.

Même les avions ne s'y aventuraient pas. Rien, rien…

Seuls les oiseaux, stupides et railleurs, se permettaient d'arpenter l'espace. Venant et revenant toujours au même point.

Trop libres, ils ne savaient où aller, ils restaient à tournoyer inlassablement au-dessus de la tête de l'enfant.

« Pan ! pan ! »

S'il avait eu un fusil, il les aurait tous tués pour leur montrer qu'il existait lui aussi, même à ras du sol.

Ce n'était pas parce qu'on avait des ailes qu'on pouvait tout se permettre. Il pouvait en faire autant, aller vite, s'échapper s'il le voulait.

Lui aussi pouvait, en se mettant à courir à grande vitesse, sentir les claques de l'air sur la peau.

« Pan ! pan ! Sales oiseaux ! insistait l'enfant. Vous ne perdez rien pour attendre... Un jour, je vous flanquerai des plombs dans les ailes et j'enverrai Norka vous dévorer. »

FRÉDÉRIC
(FRÉJUS)

Après les cours, ils se voyaient le mardi et le vendredi dans le studio de Jacques, non loin du lycée, rue Léopold Sédar Senghor. Entre la kitchenette et le clic-clac, le freezer et le radiateur, l'amour deux fois par semaine y était autorisé. La rencontre entre les murs leur faisait oublier un instant que la liaison dehors créerait le scandale. Il leur était impossible de s'afficher bouche contre bouche devant les autres, devant leurs collègues, encore moins devant les élèves. Deux hommes, tu comprends, ce ne serait pas convenable. Il leur fallait se méfier des gens, des rumeurs, de l'intolérance, du frôlement de leurs doigts dans les couloirs du lycée. C'est ce que répétait en tout cas Frédéric. L'année de sa titularisation, le jeune enseignant ne voulait prendre aucun risque. Là-haut, dans les administrations, on aurait vite fait des rapprochements inadéquats. Puis Jacques était sans doute trop pressé. Pourquoi faire comme tout le monde, chercher à précipiter les choses ? Les promenades au grand air, les dîners en tête-à-tête dans de beaux restaurants, les films au cinéma, c'étaient des trucs de vieux romantiques hétéros, des parades à l'ennui lorsque la baise n'était plus une solution dans le couple. Eux avaient encore la chance de connaître l'excitation, la découverte des corps, l'indécence des caresses. Ils devaient préserver le mystère, le plaisir du sexe surtout. S'aimer sans s'attacher l'un à l'autre – en conservant une certaine distance, en évitant l'inutile promesse du lendemain.

Le mardi et le vendredi, rue Léopold Sédar Senghor, ne suffisaient pas à satisfaire Jacques.

Le jeune homme se désespérait de voir son amant s'enfuir chaque week-end dans les bras d'un autre – un autre dont il ignorait le nom.

« Où vas-tu encore ? » demandait-il à Frédéric.

Frédéric partait. Il ne disait rien. Il disparaissait le samedi matin à la première heure. Il ne prenait jamais le temps de passer un coup de fil, ni dans la journée ni le lendemain, pour dire que tout allait bien, pour assurer qu'il n'y avait pas de quoi s'inquiéter, qu'ils se reverraient de toute façon le lundi en salle des profs ou le mardi au studio. Pour la rentrée suivante, Jacques avait alors anticipé les choses. Il avait fait une demande de mutation exceptionnelle, pour n'importe quel autre établissement, pourvu qu'il soit situé à des kilomètres de Fréjus. Cet éloignement volontaire avait été pour Frédéric à la fois un choc et un soulagement. Malgré l'amour, il n'avait aucune envie de se justifier, de rendre des comptes à qui que ce soit. Il ne faisait rien de mal pourtant, il voulait seulement garder pour lui les moments passés en famille, les week-ends consacrés au grand-père, scindant en deux son monde – pour ne jamais faire se rencontrer ceux qui le connaissaient professeur et ceux qui l'avaient connu enfant.

C'est d'ailleurs ce que lui reprochaient ses collègues. De ne rien dire de sa vie, de ne rien dévoiler de son passé, de son présent, de ses envies, de ses passions extérieures. Les plus affables disaient que c'était de la discrétion, une qualité, ou de la timidité, ça se voyait que Frédéric n'était pas du genre à se mettre en avant, à parler de lui. D'autres moins conciliants trouvaient que ça cachait quelque chose de louche. Il n'y avait que les snobs et les psychopathes pour s'épancher si peu sur leurs loisirs. À moins que ce ne soit du mépris. Martel pétait plus haut que son cul à les ignorer, à ne pas vouloir se mêler à eux pendant les discussions devant la machine à café. On pouvait comprendre que le jeune enseignant avait de nombreuses copies à corriger, tout de même c'était inacceptable de ne pas prendre quelques minutes pour écouter les potins du jour, pour partager avec les autres son avis sur le monde qui courait à sa perte à cause de la déforestation, de la pollution et des hommes politiques, pour compatir, en affichant un minimum son désarroi, avec les collègues fatigués de ne pas pouvoir dormir la nuit parce que leurs gamins faisaient leurs premières dents.

Malgré les suspicions à son égard, Frédéric Martel était considéré comme un bon professeur. D'une manière générale, les élèves l'appréciaient. En tout cas, ils faisaient de leur mieux pour ne pas le décevoir. La hiérarchie n'avait rien à lui reprocher. Le jeune homme était ponctuel, souriant, travailleur ; et lors des réunions avec les parents, tout se passait bien. On lui avait même proposé, après sa titularisation, de devenir professeur principal, rôle habituellement accordé aux enseignants aguerris. Bien sûr, Martel avait accepté. Après tout, l'histoire-géographie était une matière aussi importante que les autres, par ailleurs ça faisait toujours plus de sous sur la fiche de paie même si le montant de la prime n'était pas non plus exceptionnel.

De temps en temps, à la fin de sa journée, il faisait un détour en sortant du lycée pour passer devant l'ancien studio de Jacques. La rue n'avait pas changé mais sur le balcon on avait mis une jardinière avec des géraniums dedans, et derrière les vitres flottaient des rideaux roses. Frédéric, plusieurs fois, avait pensé sonner à l'interphone. Il avait vu le nom. Une certaine Caroline Maillard était venue tout remplacer. Qui était-elle, cette Caroline Maillard ? Se doutait-elle qu'il y avait eu avant elle une histoire différente, qu'entre les murs étroits et défraîchis de son studio, on avait parfois évoqué des rêves et souvent mis fin à des illusions ? Jacques était parti depuis des mois. Toutefois, devant l'entrée du bâtiment, Frédéric ne pensait pas à lui. Il s'intéressait au lieu, à l'échange, à l'inévitable succession des êtres et des choses. Qui était-elle, cette Caroline Maillard ? Il voulait connaître son visage, récolter des indices sur elle, découvrir la couleur de ses cheveux. Il se demandait ce qu'elle faisait le mardi et le vendredi à l'heure où il posait sur la table en formica deux assiettes blanches, où il versait dans des verres à moutarde du mousseux et de l'eau pétillante. Il voulait savoir de quelle façon on faisait l'amour quand on était comme elle, une fille, et qu'on s'appelait Caroline Maillard… Prenait-on la peine de fermer la fenêtre, de tirer les rideaux roses avant de faire glisser sa petite culotte le long de ses cuisses, avant de se cacher à moitié ivre contre la peau d'un autre ? Ou au contraire, laissait-on tout ouvert pour se faire entendre par les voisins, pour revendiquer haut et fort son manque de pudeur jusqu'en bas dans la rue, jusque sur les trottoirs où marchent les vieilles dames et leurs caniches boiteux ?

À chaque détour, Frédéric fixait l'interphone, incapable de prendre une décision.

S'il lui avait parlé, elle aurait songé à la folie, à la perversion. Une histoire à finir en prison ou enfermé chez les dingues. Il n'avait aucune excuse.

Au mieux, elle aurait refusé de lui ouvrir, et ça en aurait été terminé.

Les géraniums sur le balcon étaient un signe évident. Des fleurs pour un deuil. Une jardinière devant une tombe.

Il avait laissé mourir l'amant des rendez-vous manqués, alors depuis le départ de Jacques vers une autre ville, et sûrement vers d'autres corps, Frédéric se contentait de tristesses vagues, de douleurs lancinantes au ventre, de tourbillons puissants et de vertiges plus légers – cela dépendait du jour – qui lui rappelaient qu'il avait essayé de pleurer dans sa chambre d'enfant, dans sa chambre d'adulte aussi, que rien ne venait.

À défaut d'affronter ses démons, pour remède, il effrayait les autres.

Les larmes autrefois n'avaient pas coulé et ne couleraient jamais.

JOUR D'ENTERREMENT (PAR-DESSUS LES MURS)

À ses côtés, il y avait le ventre rond de sa femme tandis que devant lui des hommes plantaient dans la terre le cercueil de Mme Drumont. Noyés dans la masse, certains dans la foule pleuraient en silence, faisant en sorte de se retenir aux bras les plus proches pour ne pas vaciller car, sous leurs pieds, les morts se réveillaient, exubérants, affamés, propulsant leurs mains décharnées pour réclamer une âme nouvelle. Ils ne bougeaient pas, redoutant d'être pris, d'être violemment emportés. Aussi les voyait-on prier ; des murmures insolents parcouraient leurs lèvres. Même à distance, il était facile de deviner leurs pensées : ils refusaient de pourrir – pas aujourd'hui, pas demain. Jamais peut-être. Ils priaient pour éloigner les mauvais esprits, pour repousser l'échéance. Aujourd'hui ce n'étaient pas eux qui avaient perdu. Demain, c'est sûr, ils vivraient encore.

D'autres, comme Thibault Poittevin, ne pleuraient pas, ne priaient pas. Ils restaient à l'écart, conscients que la bataille ne se jouait pas dans les cimetières. Ils observaient la scène à distance, même si au fond le chagrin leur déchirait le cœur. Loin des grimaces, des figures de circonstance, ils craignaient moins la mort que le reste de la foule, sachant qu'il faudrait collaborer avec elle un jour ou l'autre. Se remémorant les derniers instants de Mme Drumont, les années écoulées entre les murs arides des Chênes verts, ils avaient compris qu'un long et pénible combat venait de prendre fin, que la défunte connaissait à présent la tranquillité et le silence bienheureux de ceux qui logent sous terre.

Au-dessus, la paix était loin d'être assurée.

Avant qu'elle ne rende son dernier souffle, avant qu'elle ne soit broyée par la maladie et les remords, la vieille dame n'avait cessé d'exprimer son inaltérable envie de quitter ce monde dans lequel elle s'était sentie profondément coupable et si impuissante.

Si elle avait dû choisir l'épitaphe de son tombeau, elle aurait fait graver : « La faute m'incombe. » C'est ce qu'elle répétait à Thibault lorsqu'elle le voyait s'obstiner contre la vie, à n'aimer personne si ce n'était l'ombre du petit frère disparu. Depuis, les choses avaient quelque peu changé.

Il aurait été si fier de lui présenter Maëva, son joli profil, ses formes généreuses autour du nombril.

Thibault bien sûr lui avait déjà parlé d'elle, de *la fille*, la seule qu'il lui avait promis de faire venir un jour dans la chambre 207. Même si Mme Drumont entre-temps avait perdu la raison, il lui avait parlé de ses rires salvateurs, de sa douceur, de ses joies tumultueuses qui lui faisaient un bien fou.

« Elle vous plairait Maëva », lui avait-il assuré une fois, assis près de son lit.

Avoir un enfant avec elle, c'était sans doute une reconstruction. Ils avaient attendu, Maëva et lui, avant de se décider. Puis, sortant un matin des toilettes, elle lui avait tendu la preuve. Le test ne mentait pas. Dans quelques mois, la vie apparaîtrait par miracle. Soudain, ce serait un merveilleux chamboulement. Il y aurait des couches à changer, des fesses propres et des joues à embrasser, des petites mains qui chercheraient à agripper le vide et les mèches de cheveux. Il y aurait des cris la nuit et la journée, des espoirs, de la fatigue, des courses à faire, des baisers, des jouets, du désordre dans la maison, des mobiles suspendus au-dessus du berceau, des étoiles qui dansent, qui brillent au plafond, de la musique pour dormir, des appels, des messages, des bips-bips, des visites chez le docteur, des frayeurs, des nuits blanches, des peurs inutiles… Où vas-tu maman ? Maman… Comme une appartenance. Les mots tendres, les oiseaux au creux du nid, doucement, doucement… Rien que de belles mélodies. Des bouches baveuses, des câlins rassurants. Ensuite, le père.

On réclamerait sa venue. Thibault se réveillerait la nuit.

« Es-tu prêt à cela ? »

Il contemplerait le fruit de son amour. Le petit être exultant couché au milieu des draps colorés et des peluches, au milieu des rires et des pleurs indiquant la joie et l'appétit. De quoi faire oublier qu'autour le reste demeurerait fragile ; la vie ne donne aucune garantie concernant ceux que l'on souhaite gâter.

Mais au moindre « papa », l'incertitude s'effacerait. Aucun autre mot ne le soulagerait autant.

Dans le cimetière Saint-Lazare de Valence, le vent avait chassé la foule, laissant les morts entre eux tandis que le gardien refermait le portail. On avait promis avant de se quitter de se revoir dans d'autres circonstances parce que la vie passait vite et que l'on n'avait jamais le temps de rien. On s'était salués sans vraiment se regarder. La fin des funérailles rappelait qu'on laissait derrière soi une partie de sa propre histoire, quelques souvenirs enterrés avec la dépouille sous les couronnes de fleurs. Désormais on parlerait de Mme Drumont au passé, on raconterait des choses sur elle, des aventures, des anecdotes, tout ce qu'elle avait été, généreuse avec ses élèves, chaleureuse dans les rues de Saint-Péray, toujours un mot d'esprit quand on la croisait avec son chien dans les bras. « Vous souvenez-vous de Jasper ? plaisanterait un ami rencontré au hasard, des années plus tard. Jasper de Cornouillac, moche comme un pou le pauvre. Mais elle l'aimait son chien, elle l'aimait… Elle le gâtait comme un enfant. Comment oublier ? Elle l'habillait avec de ces tenues ! Ha ! Ha ! Je me rappelle, une fois, elle lui avait mis un costume-cravate. Je n'avais jamais vu ça un costume-cravate pour chien… Elle disait que c'était son anniversaire à Jasper, qu'il fallait qu'il soit élégant – surtout pour un Cornouillac. »

Sur le trajet du retour, Thibault n'avait rien dit. Maëva avait posé sa main sur son genou pendant qu'il conduisait, et ils étaient rentrés comme ça, à contempler de loin les vitrines des magasins, à écouter des bêtises à la radio, des publicités principalement, à prendre leur mal en patience à cause de l'embouteillage. La ville, les gens, dehors rien n'avait changé. Le monde poursuivait sa course folle, peu importe le manque et les enterrements. Sur les trottoirs, on ne se souciait pas de la douleur. On se pressait. La nuit allait tomber. On se précipitait pour récupérer la dernière baguette de pain chez le boulanger pour le repas du soir, on faisait un saut rapide chez le pharmacien avant qu'il ne fasse claquer son lourd rideau de fer, on salivait en lisant les menus affichés sur les devantures des restaurants, on traversait la rue pour comparer les prix chez le concurrent d'en face.

Emporté par le quotidien, personne ne pensait à la mort. C'était une chose que les hommes, d'un accord commun, se cachaient. Il n'y avait qu'à voir les hautes murailles dressées autour des cimetières.

Arrivés en bas de leur immeuble, alors qu'ils descendaient de voiture, la parole s'était libérée. Ils étaient pressés d'en finir, de prononcer quelques mots encore au sujet de Mme Drumont avant de reprendre le cours normal de l'existence.

Maëva avait parlé la première.

« Tu sais, avait-elle dit, ajustant sur son épaule la lanière de son sac à main, je ne connaissais même pas son prénom. Il a fallu que ce soit sur sa tombe que je le découvre.

– Pourtant, elle m'avait prié de l'appeler comme ça, par son prénom, Jeanine. Elle insistait… Tu peux me tutoyer, Thibault… Mais je ne sais pas pourquoi, pour moi ça a toujours été Mme Drumont, rien d'autre… Je suppose qu'à présent, elle doit être soulagée d'avoir les bonnes réponses… C'est bête, tu vois, je me dis qu'elle a une sacrée longueur d'avance sur moi… Sur nous… »

Disant cela, Thibault avait posé sa main sur le ventre de sa compagne.

« Je parie même qu'elle sait déjà si c'est un garçon ou une fille. »

ONZE ANS
(L'AUTRE ENDROIT)

Il ne s'était rien passé de la nuit mais au réveil tout avait été différent. Il avait vu l'homme sortir de la cabane puis revenir chercher son fusil. Les détonations avaient brisé le silence. Le même écho, la même fêlure que la première fois. L'homme imbécile se prenait pour un dieu coriace. Il décidait à lui seul de la fin, de l'heure fatidique, avec les balles cinglantes catapultées dans la chair. Encore un autre ! avait pensé l'enfant allongé à cette heure-ci dans son lit. Au troisième coup, il avait bondi hors de sa couche, s'attendant au pire. Sous le soleil matinal, comme il le redoutait, l'animal avait rejoint la terre tandis que le bout du fusil fumait toujours ; à côté, le type debout le regardait – l'ordure qui assassinait les amis de Norka. Se taire, serrer fort les poings, c'était bouleversant de sentir couler autant de larmes de bon matin et de ne pouvoir rien dire. Autour, poussés par la curiosité, les chiens claudiquant sur les herbes restaient soumis. Ils ne connaissaient pas la révolte. Ils venaient lécher le sang aux pieds de l'assassin comme des corniauds obéissants. Pendant un long moment, l'homme avait admiré son forfait. Devant la cabane, l'enfant comptait avec ses doigts.

Deux… L'homme était un salaud.

Le mois dernier, il s'en était pris de la même façon au plus vieux. Sous prétexte d'une maladie incurable, de croûtes obscènes, il avait balancé la ferraille… Il lui avait fait la peau. Pan ! Tuer était facile. Un jeu d'enfant. Cela faisait une gueule de moins à nourrir. La meute bientôt à cause de lui s'éteindrait.

« Que veux-tu mon enfant, lui aurait-il expliqué s'ils s'étaient adressé la parole, les chiens, ça ne vit pas éternellement, et la souffrance ça s'abrège… Que regardes-tu, sale mioche ? Pourquoi tu ne t'en vas pas ? »

Le sauvage ne parlait pas. L'enfant, lui, n'aimait pas la mort.

Avant, quand il restait longtemps sur les bancs de l'église, sa grand-mère lui montrait du doigt le Dieu sacrifié, la singularité de la religion.

Avec ses belles dents en céramique, elle souriait devant le Christ. Les cierges brûlaient, ils scintillaient avec des gens devant, les mains jointes pour prier contre le pire.

« Mamie, pourquoi est-ce ce Dieu-là que tu as choisi ?

– Mon petit, tu te trompes… C'est Lui qui nous choisit. C'est Lui qui décide de tout.

– Même mort sur une croix ? »

Elle lui racontait la Résurrection. Alors tout devenait plus beau.

La première fois, avec le premier chien, l'enfant avait pris les choses en main. Dans les parages, il n'y avait aucun homme d'Église pour réciter à voix haute des *pater* et des *ave* comme il en avait entendu avec sa grand-mère. C'est la raison pour laquelle il avait lui-même creusé le trou après la cabane, après les buissons, après la clairière. L'homme et la femme, stupéfaits par ses allées et venues, l'avaient regardé faire, béats, inutiles, impuissants avec leurs yeux de bêtes stupides. Lui avait continué de creuser jusqu'à toucher les racines, jusqu'à s'abîmer les mains sur le manche trop rêche de la pelle. Sous leurs regards d'ignares des collines, il avait enduré les épines, il s'était mis des échardes plein les doigts, mais qu'importe, il avait creusé une première fois pour ne pas laisser le pauvre Pocha raide mort sur les cailloux. Sur la tombe, il avait planté droit la croix, du bois mort qui tenait avec de la ficelle. Avec des branches comme des petits bâtons, il avait composé les lettres. Savait-il encore écrire ?

POCHA

À genoux, il avait parlé au Seigneur. S'occupait-il aussi des chiens ?

« Dieu du ciel, s'il te plaît, avait fait l'enfant, emporte Pocha avec toi sur un nuage. Donne-lui à manger, fais-lui des caresses. Il avait un peu peur de moi mais avec toi tout ira bien… Dieu du ciel et des chiens, s'il te plaît, donne-lui aussi des os et un joli panier pour dormir avec toi au paradis. »

Reprendre la pelle et creuser pour protéger le corps d'Artan.

ARTAN

Il revoyait l'alphabet. Les lettres écrites sur un cahier. Minuscules et tordues. Les oreilles que lui tirait monsieur Peres parce que, en classe, l'enfant ne s'appliquait pas. « Des pattes de mouche ! s'énervait l'instituteur. Tu écris, Poittevin, on dirait des pattes de mouche ! » Lui, incrédule, ne voyait pas ce que les mouches avaient à faire là-dedans. Mais sur la page, les interlignes n'étaient pas correctement remplis.

« Plus gros ! Recommence ! »

L'enfant, sans crayon, sans papier à disposition, se battait avec des souvenirs. La terre, les branches remplaçaient les lignes et les cahiers. Ici personne ne lui demandait de s'appliquer. Il n'y avait pas d'école. Pas d'anniversaires. Sa mère n'était pas venue le chercher. C'était étrange tout ça, le manque de repère et la disparition du temps et des gens. Depuis, face au soleil, son ombre avait grandi. Il ne parlait plus qu'à Norka, en se baissant vers son oreille. Les mots s'effaçaient les uns après les autres. Un jour, il se tairait pour de bon, semblable à l'homme et à la femme, hurlant parmi les herbes muettes.

« Norka, disait-il lorsqu'il craignait le silence ou le bruit, est-ce que l'on peut vivre à d'autres endroits qu'ici ? »

La chienne, presque aveugle, à moitié sourde, ne connaissait pas la réponse.

« Regarde, Norka... Je n'ai plus que toi et tu n'as plus que moi. Tu perds chacun de tes frères. Un matin, il nous tuera aussi... Regarde-moi, Norka... Je te promets que je ne le laisserai pas faire. »

C'était le troisième été après le coffre.

Il avait compté.

La femme prenait des sillons sur la peau. L'homme toussait – essoufflé, il descendait toujours chercher des trésors sur une île inconnue. Dans le ciel, il n'y avait pas eu d'avions.

Pas de chien en chute libre. Seulement des feuilles qui s'envolaient, tournoyaient pour retomber au sol. Quand ils souffraient, l'homme et la femme ne mouraient pas. Dans un placard, dans des boîtes de conserve, ils avaient des pastilles blanches qui se dissolvaient avec l'eau de la rivière. L'enfant en avait déjà pris avant la colline. Avec sa mère, ils allaient à la pharmacie et repartaient avec de l'aspirine et des antibiotiques. Ici, c'était l'homme qui ramenait ce genre de trouvailles. Une fois, grâce à lui, la femme avait eu mal aux dents, ensuite ça allait mieux.

Pocha et Artan s'étaient rejoints sous la terre. C'était son coin à lui désormais, l'espace après la clairière. L'enfant y cueillait des fleurs, des jaunes, des bleues, des blanches, et il faisait des dessins avec les pierres qu'il ramassait.

Après la cabane, après les buissons, après la clairière, il vivait seul des heures entières devant les talus et les croix de bois. Le calme et les oiseaux ne défaisaient rien. Le lieu était sacré.

L'homme et la femme respectaient cela. Jamais plus ils ne s'étaient approchés de l'endroit.

C'était l'endroit de l'enfant.

Depuis plusieurs mois, Romain-Pietro s'était mis à craindre le bruit, les balles aussi. Chaque matin, il courait chercher Norka qui dormait parfois très loin de la cabane.

Quand la vieille chienne apparaissait, fragile mais vivante, l'enfant pleurait de joie. La journée commençait, fragile aussi, belle pourtant comme les souvenirs des visages d'autrefois, ceux d'avant la colline.

Ceux qu'il pensait perdus à tout jamais.

FRÉDÉRIC
(RETOUR VERS LA COLLINE)

Il s'était rendu en bus au cimetière Saint-Lazare mais ce n'était pas sa destination première. Quand il avait su qu'il avait raté les funérailles de Mme Drumont, il avait d'abord pensé au perroquet. La cage depuis l'enfance avait disparu. Les propriétaires également. En vingt ans, le temps n'avait rien ménagé. La dernière fois qu'il avait voulu repasser devant le restaurant de Fréjus où son grand-père et lui avaient vu le célèbre Coco et ses « Oh le con ! », une affreuse agence immobilière s'était incrustée à la place. C'était maintenant au tour de l'institutrice et de ses boucles d'oreilles rouges de s'effacer.

Vingt ans. La vie, se disait Frédéric, était passée tel l'éclair les nuits d'orage. Ce qui ne prouvait rien. C'était peut-être hier que tout avait foutu le camp.

Il avait regardé l'itinéraire des bus pour rejoindre Saint-Péray. Il avait choisi celui qui le conduirait jusqu'à Crussol puisque c'était là qu'il fallait aller, après le fleuve, pour voir s'il était possible de tout recommencer. Depuis les années quatre-vingt, il ne s'était plus approché des ruines instables, redoutant la façade détruite, les hautes pierres suspendues, menaçantes, au-dessus de la ville. Il n'avait plus prononcé le prénom de l'enfant, s'endormant tard la nuit sans penser ni aux sirènes ni aux turbulences. Mais la mort récente de Mme Drumont avait ravivé d'anciennes connexions. Frédéric Martel avait eu le pressentiment qu'on l'attendait à l'endroit exact où il avait désigné jadis avec l'index la route à prendre.

Sur les sentiers, de toute part, des panneaux relataient l'histoire du site. Celui-ci avait été rénové et sécurisé. Chaque année, des milliers de touristes, appareil photo à la main et casquette sur la tête, se rendaient sur place afin de visiter ce qu'il restait du château. Suivant les flèches directives et le chemin balisé, on marchait, on gambadait, en solitaire ou en groupe. Rien n'avait été laissé au hasard. Crussol, presque sans danger, resplendissait sous le vol lancinant des oiseaux.

C'était l'été. Frédéric était en vacances depuis moins de vingt-quatre heures.

Plus jeune, il avait longtemps rêvé d'exotisme et vu des pays différents. Il avait traversé l'Inde, l'Égypte et la Turquie avec des guides touristiques qui s'exprimaient fort et des groupes de retraités vite fatigués. Il avait navigué sur les mers froides, presque gelées, sur les mers chaudes aussi, à l'occasion de déplacements organisés, forfaits tout compris, avec des packs vendus au rabais par de grandes chaînes d'agences de voyages. Cependant, il lui avait suffi d'un seul ticket de bus pour trouver l'endroit, obéissant à la voix qui lui dictait le retour, qui épelait le prénom pour former avec la bouche des tunnels et de nouvelles passerelles.

« Viens, chuchotait-elle. Rejoins-nous et ne nous quitte plus. »

Romain se trouvait au bout du chemin.

Il ne pleuvait pas, rien ne ressemblait à la tristesse des jours anamorphiques.

Pour lui laisser le temps, les horloges avaient cessé de tourner. Mécanique fragile des aiguilles qui se figent pour que rien ne change. Pour que tout puisse reprendre sa place exactement comme avant. L'enfant se déplace à nouveau sur la colline, faisant des petits pas en quête de la sorcière.

« Ne va pas par là, lui susurre Frédéric. Je t'en prie… Reste avec moi… »

Les gens sont partis, la colline demeure déserte. Au-dessus d'eux, les oiseaux se sont assagis.

« Assieds-toi, j'ai tant de choses à te raconter. »

Cette fois, Frédéric ne lui parlera pas de la lune. Il lui prend la main.

Il lui explique que plus au sud où se trouve sa nouvelle maison, il frôle chaque matin du bout des doigts des mimosas géants dont les graines couleur soleil sont solidement attachées aux branches. De quoi fabriquer des bouquets immenses pour respirer le bonheur dans un vase.

Sur la lune, de telles plantes ne poussent pas. Tout y est stérile. Froid. C'est la raison pour laquelle les cyclopes sont partis. Mais ça, il ne le lui dit pas.

Romain est ébahi, il boit ses paroles. Il s'est assis à côté de lui et reconnaît son visage, même vieilli.

L'instant bascule du côté de l'aube.

La colline est déserte. Il n'y a pas un bruit. Tout à coup, un portail s'ouvre entre deux régions distinctes.

« Mme Drumont est morte », prévient Frédéric.

L'enfant acquiesce. Il le savait déjà.

Le moment d'après ressemble au silence. Rien de gênant. Il permet au contraire de se plonger dans des pensées bienveillantes. Comme une pause au milieu d'une chanson, d'une berceuse, le temps de reprendre son souffle.

La mort ne pourra lui servir d'excuse. Frédéric envisage plutôt l'aveu. Mais pas tout de suite. Ce serait trop facile. L'enfant pourrait partir sans comprendre, traverser le portail sans connaître la raison précise de sa venue. D'abord, à deux, ils observent les tiges à leurs pieds qui sortent de terre pour donner des tulipes et colorer l'endroit. Dans leur école, au printemps, on plantait dans des carrés de béton des bulbes comme des oignons et ça poussait, ça faisait de jolies fleurs. Un des garçons de CM2, en colère contre on ne savait quoi, avait un jour tout arraché. Il n'avait certainement pas aimé la beauté. Il ne l'avait peut-être pas vue.

« Les grands sont des cons. Parfois, Romain, il ne faudrait pas grandir. »

Pourquoi s'en prendre à des fleurs ? C'était une histoire de mauvais coton, la mère du garnement avait dit : « Vous comprenez, pardon, pardon » au jardinier et aussi à la directrice, mais dans le béton, à cause de son fils, il n'y avait plus rien de beau.

Devant eux, sur la colline, des tulipes. Ils les regardent pousser.

« Romain, aimes-tu les fleurs ? » lui demande Frédéric juste après l'éclosion.

Pas de quoi se faire des idées non plus.

Tout le monde le sait. Les garçons, ça n'aime pas beaucoup les couleurs.

Que pourrait lui répondre Romain ? Il était différent. Il ne ripostait jamais. Il ne faisait que sourire pour avaler le vent. La pluie aussi.

Romain était différent. C'était le premier à l'être.

Impossible, se dit Frédéric. Ils étaient trop jeunes. À cet âge, on ne pense pas à ces choses-là. On ne sait pas. On ne sait rien des envies véritables.

Il lui répondrait : « Oui, j'aime les fleurs et les couleurs. »

Et partout, ça pousse, encore et encore. Jardin fertile. Ce serait comme dans leurs dessins d'enfants, des trucs gribouillés avec un soleil heureux dans le ciel, des nuages et une vache approximative broutant dans un champ. Il y aurait dans les parages des petits bonshommes et des petites bonnes femmes avec des doigts dressés comme des bâtons, les cheveux hirsutes et les deux yeux mal placés. Il y aurait une maison avec une porte, une seule fenêtre, un toit pointu et la cheminée dessus qui fume même en plein été. L'herbe pousserait en tubes espacés, verts, parfaitement coupés et placés au premier plan. À gauche, un arbre marron, son tronc énorme, ses racines apparentes et ses pauvres feuilles au sommet. Puis le mélange. La pluie avec le soleil. Les gouttes d'eau sur les herbes. Le nuage avec une tronche de type balaise.

À midi, à l'évidence, ils ont faim. Frédéric sort de son

sac à dos des sandwichs et un paquet de bonbons colorés comme les tulipes. Ils partagent les goûts et les couleurs. Avec des *pschitt* dans la bouche, du pétillant sur la langue. Cela fait rire Romain, l'impression étrange dans la gorge puis l'interdit. Manger autant de bonbons paraît inconcevable mais ils n'auront jamais mal au ventre. Autour d'eux, les miettes de pain répandues attirent des colonies entières de fourmis. Affamées et décidées, elles se jettent sur les morceaux les plus gros pour transporter le festin jusqu'aux entrailles de la terre. Combien de temps peut-on rester à observer des fourmis ? Celui qui les regarde comprend leur peine, leur force, la longueur du trajet, la difficulté à fournir le travail exigé. Romain embête les insectes avec une brindille. Il simule par plaisir le chaos, la tempête, comme ça, pour les énerver un petit peu. Il joue au méchant tourbillon, soulevant la poussière dans toute cette organisation. Que c'est minuscule ! pense-t-il, à la fois admiratif et soudain pris de regrets. Alors il arrête de semer le vent et s'intéresse à Frédéric – si grand à ses côtés –, à son visage, pour le voir pour de bon.

Ce serait le moment idéal pour évoquer les choses sérieuses. Est-ce qu'à neuf ans, on peut vouloir l'amour rien que pour soi ? Oh, bien sûr, rien de charnel, rien qui se jouerait avec la peau. Une tendre attirance, une envie d'être ensemble au-delà de l'infini. Personne autour… Les autres auraient simplement disparu.

Voilà où se loge la douleur.

« L'amour, c'est vouloir dépeupler la colline, t'envoyer paître et chercher de nouvelles directions. Parce que cela fait peur et aussi parce que cela chamboule… À neuf ans, il existe des sorcières et des potions magiques. Tu y as cru. »

Il ne pourrait pas lui dire les sentiments de cette façon. Un garçon et un garçon. Romain ne l'aimait pas. Il désirait uniquement la lune, le télescope du grand-père et un ami pour courir loin devant.

Les gens reviennent.

Des touristes avec des shorts, des prospectus à la main. Beaucoup de monde et beaucoup de bruit.

Beaucoup de bruit parce qu'ils n'aiment pas la solitude, tandis que les fourmis portent leur fardeau, des miettes de pain sur un sol stérile où ne poussent pas en une seconde les tulipes, où les petits garçons ne se prennent pas par la main, où personne n'embrasse personne parce qu'il n'est pas question ici de ce genre de jeu.

ONZE ANS
(L'AUTRE ENDROIT)

Il se perd sous le grand firmament. Les lumières de la ville n'ont jamais existé, le reflet de la rivière devient son unique miroir. Le froid lui coupe le souffle, les incertitudes lui creusent le ventre. Il serait capable d'en vouloir à la terre entière, à ces gens qui ne sont jamais venus le chercher. Il oublie toutefois l'origine des colères. Cela ne sert à rien de s'indigner sous les arbres. Vivre. Manger. Respirer. Être aussi morne qu'une feuille d'automne.

Vivre. Manger. Respirer. Les saisons changent.

Rien n'advient.

Il part la nuit sur le chemin de l'homme. Il suit ses traces à la forme des cailloux.

Comme le Petit Poucet, il est l'enfant abandonné dans la forêt. Le faux père de la cabane n'est pas bûcheron mais il connaît une sacrée planque, une sorte de supermarché des montagnes, un lieu où faire du troc pour revenir avec de précieuses marchandises.

Lui, il ne reviendra pas.

Il part, il part. Il s'éloigne. Une nuit. Un automne. Hier ou aujourd'hui.

Il s'évade à la lueur de la lune, suivi par le hibou solitaire qui le surveille. Et par Norka qui, de toute façon, ne voit pas où ils vont.

Elle renifle, cela lui suffit.

Vivre. Manger. Respirer. Partir.

Ce n'est pas la première fois qu'il essaie. Mais le Petit Poucet devient immense. Il voudrait retrouver le coffre de la voiture avant de ne plus pouvoir entrer dedans.

La fuite est stupéfiante, les yeux de Norka attirent les renards étonnés par tant de blancheur. Derrière la végétation noire, ils se planquent, guettent. On peut partir mais il faudrait tout de même éviter de mourir.

L'enfant a peur. Il tente l'échappée. Il s'essouffle, se précipite. Les genoux heurtent les vilaines branches, la terre. Au sol, le monde est froid, pénétrant. Relève-toi.

Il est loin. Les idiots n'ont rien vu. La nuit a couvert son départ. Combien de pas encore ? Pour aller vers où ? Tout se ressemble. Et si rien n'existait ?

La roche est ronde comme la Terre. L'enfant fait des tours sur lui-même. Malgré la course, il revient au point de départ.

Les feuilles, les arbres, le hibou solitaire et les renards suspicieux.

Où sont les voitures qui roulent sur l'autoroute ? Il n'y a pas de bruit semblable. La nature est vertigineuse. Elle ne présente aucun défaut du genre bitume.

Pas de magasin non plus. Pas une seule lueur qui indiquerait une vie de famille.

Il marcherait encore des heures que rien ne changerait.

Le monde serait une utopie. Sur une pierre, l'enfant s'assoit. Norka aussi est fatiguée. Mais elle a connu pire.

Trop de choix dans la direction. Vivre. Partir puis s'arrêter. Au-dessus de leurs têtes, les étoiles attendent. Ce sont des milliards de visages radieux. Elles insistent. Quelque part, la vie existe. Même si les frontières ont été effacées.

Il pense que ce n'est pas raisonnable de poursuivre ainsi dans le noir. S'il avait eu un briquet, il aurait fait un grand feu. Il y en avait plusieurs dans la cabane, planqués dans le placard, dans la boîte à chaussures. Il les a vus. Des verts, des jaunes, des rouges, des petits, des transparents. S'il avait vécu dans une grotte, il aurait su se servir d'un silex, de n'importe quoi d'autre pour faire jaillir les flammes. Il fait si froid maintenant. Son corps se raidit. Il frissonne.

« Viens », dit-il à Norka pour se réchauffer contre elle.

S'il avait connu la préhistoire, il aurait tout fait brûler autour. Quelqu'un, quelque part, aurait vu de loin les dégâts. On aurait envoyé des canadairs, et après avoir jeté l'eau, on les aurait repérés, Norka et lui, on les aurait emmenés. Il n'y a pas toujours besoin d'autoroute pour faire demi-tour.

Au petit jour, ils ont hurlé son nom.

« Pietro ! Pietro ! Pietro ! »

C'était la fin. Tout recommençait. Le même passé.

Il était bleu comme les vagues, peut-être était-il mort. La femme a hurlé, dans une langue stridente, elle a tant hurlé que l'enfant a fini par ouvrir les yeux. Elle était laide comme un pou. Elle l'embrassait sur le front, sur les joues.

« Pietro ! Pietro ! Pietro ! »

Il est retourné dans le passé. Parce qu'ils étaient là pires que des renards à le renifler pour le ramener à la cabane.

Il ne partirait donc jamais. Le soleil brillait.

Lui, il était plutôt triste à mourir.

L'homme l'a mis sur son épaule. Il l'a trimballé comme un vieux sac de patates. Pas content du tout, l'homme. Il a grogné, marmonnant quelques sons et des colères barbares.

Dans sa barbe, ça puait les ordures.

La cabane, la cabane, la cabane. Rien autour. C'était redevenu le même jour insensé.

L'enfant ensuite a dormi. Il n'a plus bougé. Il ne voulait plus bouger. Jamais. Même quand il ne dormait plus. Il ne bougerait plus. On l'avait ramené à la case départ, pas enchaîné, libre de ses mouvements. Triste jeu. Aucun moyen de s'évader, même en pleine nuit, de courir, de courir. On le rattrapait.

Tout recommençait.

Il ne voulait plus bouger mais il pensait au bateau dans la rivière. Quand il aurait la force de se lever, il lancerait une bouteille avec des choses à l'intérieur. Le trajet de l'eau le sauverait. C'était son ultime recours. Un appel depuis les flots. Les rivières rejoignent, quand elles le veulent, les grands fleuves. Avec un peu de chance, sa bouteille à lui traverserait les montagnes pour atteindre le Rhône et le Mialan. Son père, le vrai, la trouverait, elle flotterait, brillante, sous le pont. Alors, aussitôt, avec une automobile, il viendrait le chercher plus loin que la colline. Une belle bouteille en plastique. Ou une bouteille en verre comme celle qu'utilisait l'homme pour le vin, avec le bouchon en liège dessus. Dedans, puisqu'il n'avait pas de crayon en sa possession, il laisserait son prénom avec sa voix, il piégerait l'écho, il dirait avant de remettre le bouchon :

« C'est moi, Romain. Je suis là. Viens me chercher, papa. »

JOUR DE NAISSANCE (PRÈS D'ELLES)

Un bracelet minuscule et des habits roses pour l'accueillir. Maëva ne quitte pas l'enfant des yeux. C'est une fille. Elle se prénomme Julia. C'est une joie. Sa chair qui se plaque contre sa chair. Petite fleur rose au milieu des tenues roses des sages-femmes, des meubles roses de la chambre, des murs roses de la maternité, des joues roses des gens qui viennent la voir, les bras emplis de cadeaux. La journée paraît-il est parfaite. L'enfant boit le lait. On ose à peine la toucher. Frôlement du bout des doigts de peur de l'abîmer.

C'est si fragile les petits bébés. Et si mignon.

Pour l'occasion, beau-papa a sorti un appareil photo flambant neuf. Maintenant ils en font des numériques. Plus besoin de penser à la pellicule ni au nombre de clichés. Ça fait clic, ça fait clac. Michel s'amuse. Sans compter, le grand-père tire le portrait, il ne remarque pas le téton impudique qui dépasse, là. Clic, clac. L'enfant lui a souri.

« Oui, oui, juré, promis. Regarde. »

L'écran ne ment pas. On peut tout vérifier. Il montre à son fils l'enfant qui lui a souri.

« C'est certain, de tous, c'est son grand-père qu'elle préfère. »

On cherche des ressemblances. Plutôt du côté de Thibault et assez peu du côté de la mère. Tout ça parce que l'on ne sait pas à quoi ressemblent les gens de la famille de Maëva.

Un jour, il faudra lui demander des photos.

Le petit bébé plisse les yeux. La peau fripée. Les pieds trognons. Ça donne envie de les croquer. C'est dingue cette envie de manger les bébés. Thibault est aux anges. C'est lui le père. On le félicite. Il peut être fier. Pour l'événement, sa famille est rassemblée.

Cela faisait longtemps qu'on n'avait pas connu une telle joie. Les parents séparés font comme si de rien n'était, même si le couple n'existe plus. La sœur, si fine, si transparente, tente d'apparaître au sein du clan. Être tata, c'est un métier. Elle fait des gouzi-gouzi, des areuh-areuh, des choubidou-bidou, mais très légers, très atténués pour ne pas abasourdir l'enfant. Julia n'a que deux jours, le bruit autour lui fait connaître l'amour. Les syllabes pleines de douceur provoquent des sentiments d'appartenance.

On en oublierait presque la mère allongée dans son lit, ses yeux cernés, sa bouche enflée par la maternité. Comme sa fille est une Poittevin, la famille n'est pas vraiment morte. Elle se renouvelle. C'était une question de temps avant de rééquilibrer l'affaire. On peut à nouveau faire des projets. On envisage les prochaines années. Les bains, les changes, les goûters. Le violon que Julia tiendra entre ses mains quand elle en aura l'âge, ou la flûte, ou la guitare si elle préfère. Enfin, elle sera musicienne. Sportive aussi, à courir sur les pistes d'athlétisme et dans les champs. Footballeuse si elle le veut. Ça se fait maintenant. À seize ans, elle fera la conduite accompagnée. Elle visitera des musées et des salles de concert. Elle connaîtra les îles. Elle aimera les voyages. Elle ira le dimanche chez papi, et chez mamie. Chez sa tata Chacha aussi, elles parleront ensemble des garçons mais chut, ce sera leur secret, les autres n'en sauront rien. Elle n'aimera pas les bonbons emplis de sucre et de conservateurs ni les céréales pour le petit-déjeuner. On fera pour elle de grandes salades de fruits. Avec des pommes, des pêches, des bananes, des kiwis, des abricots, des oranges, des fraises. Que des choses importantes pour la santé. On ne lui parlera pas de l'absence ni de la disparition des corps. On taira les traumatismes communs. On fera semblant.

Chez les Poittevin, on a appris à le faire.

La chambre rose est un recommencement. Un big-bang.

Quelqu'un tape à la porte. C'est l'heure du bain.

« Messieurs-dames, s'il vous plaît », dit une voix.

Le moment n'appartient qu'à la mère et à l'enfant. Le père est le bienvenu. Pour les autres, il est temps de partir.

« Allez. Allez. »

On rassemble vite les affaires. On récupère les sacs posés sur les sièges roses. On s'embrasse une dernière fois. Cette fois-ci, ce n'est pas une séparation. On s'aime et on se souhaite de belles choses. On se verra bientôt à la maison, près du berceau.

Vite, vite. Petite Julia attend son bain.

Demain, comme dans les films, on affichera *home sweet home* au-dessus de la porte d'entrée. Une grande banderole pour accueillir la mère et l'enfant, même si Julia ne sait pas encore lire. Puis dans la chambre de la petite, des peluches douces, un million de doudous à ne plus savoir qu'en faire. La table dressée au milieu du salon pour le repas de midi qui durera jusqu'à pas d'heure. Ensuite, le soir, on laissera les parents jouer leur rôle.

Ils auront toute la vie pour s'inquiéter. Pour se réjouir aussi.

Promis, demain, comme les jours suivants, on veillera sur l'enfant que l'on verra grandir.

DOUZE ANS
(L'AUTRE ENDROIT)

S'il appuyait fort sur ses yeux, les dessins devenaient jolis. Formes géométriques comme dans un kaléidoscope. Des ronds, des éclairs, du bleu, du jaune, du violet. Au centre, un volcan. Des fleurs, des étoiles. Puis le visage du diable. Avec cette drôle de manie, l'enfant s'empêchait de voir le jour. Il cherchait une dimension nouvelle, quelque chose de différent. Dès qu'il retirait ses mains, il subissait la lumière, puissante, c'était son fulgurant retour à l'ordinaire. Déjà, petit, il s'amusait à cela. Il se concentrait sur les formes et les couleurs qui apparaissaient sous la pression des paupières. Il percevait le monde d'une autre façon, presque magique.

Ceux qui le surprenaient affirmaient que ce n'était pas bien.

« Tu vas finir par t'enfoncer les yeux dans le crâne… Arrête de faire n'importe quoi. »

Il ne trouvait pas les mots pour se défendre, pour expliquer qu'il ne craignait rien. Les yeux, punaise, ça ne s'enfonce pas comme ça dans la tête. Ils n'avaient qu'à essayer. Avec leurs airs de tout savoir, les grands détestaient d'emblée le jeu. Beaucoup trop tristes, bien trop sérieux, comme si c'était leur métier de s'inquiéter à la moindre dérive.

Les mains sur les yeux, il se disait que Norka voyait la vie de cette manière. Des couleurs dans le noir, des serpentins, des billes qui roulaient, qui clignotaient.

Ou peut-être voyait-elle des trucs de chiens, des os blancs, des colliers rouges.

Pensant cela, il riait.

Norka ne lui avait plus raconté d'histoires d'ours, de pirates et de désert. La vieille chienne avait fait le tour de ses péripéties d'antan. Elle passait à présent ses journées à dormir. Elle avait sûrement des rêves très importants à faire. Peut-être aussi estimait-elle qu'il était temps pour elle de rejoindre ses frères après la clairière. L'enfant se tenait fermement à son cou.

Il n'avait plus qu'elle.

Depuis les trois derniers étés, les saisons s'étaient succédé sans précision ni équilibre. À tout moment, l'enfant risquait la chute. Les bosses et les écorchures ne lui avaient pas fait craindre les falaises. L'appel du vide se répandait, puissant. Avec le vent, il y avait eu beaucoup d'échos secondaires.

Après avoir joué avec ses yeux, il avait décidé que c'était cette nuit que tout exploserait.

Un grand boum. Des cris. Et la fin.

Il y avait longtemps réfléchi.

À la suite. Aux idées. À ce qu'il ferait lorsque tout serait fini.

La journée, il n'avait fait semblant de rien. Attaché au cou de Norka. Pour ne pas sombrer.

Sur la table devant la cabane, il y avait de la peau de lapin. De la chair abîmée. C'était le signe.

L'enfant avait attendu la nuit. Pour tromper l'ennemi, il avait fermé les yeux après les odieuses mélodies de la femme sauvage.

Maintenant, tout était clair. Les minutes, les heures. Les deux respirations et les cœurs qui battaient trop fort.

Le sien s'était arrêté. Il jouait au mort-vivant. Comme les bêtes tapies dans l'ombre, l'enfant ne bougeait plus. Il guettait. Au moindre mouvement, il se ferait prendre au piège. Il finirait peau nue sur une table, le corps dévoré par l'homme carnassier.

Il ne bougeait plus car il savait qu'il faudrait partir, courir loin, ou vivre encore ici l'éternité. Il y avait pensé toute la journée mais les idées étaient soit bonnes soit mauvaises, à tour de rôle, impossible de trancher.

Il entendait leurs ronflements et les souffles rauques, la gêne de la nuit, la morve dans leurs nez.

Attendre encore.

Entre ses cuisses, il crut soudain que tout basculait. Comme ce jour dans le coffre où il avait voyagé les jambes humides de pisse.

Ce n'était que de la sueur. Même pas de la peur.

Attendre.

Sans avoir conscience de l'heure et du danger, le visage de sa mère s'approcha du sien. Il la vit près de lui, ce n'était pas un rêve. Elle lui murmura : « Fais-le. Ne m'attends plus. Je ne viendrai pas. »

L'enfant se redressa, s'assit au bord du lit. La mère

s'éloigna de quelques pas puis se blottit dans un coin de la cabane. Elle avait raison de se faire toute petite.

À côté d'elle, posée contre le mur, l'arme était à disposition. La mère, sans faire de bruit, prit la carabine, la tendit à l'enfant.

« C'est ton tour », lui dit-elle.

Au même moment, la porte s'ouvrit. Le père venait vérifier. Par chance, ni l'homme ni la femme ne se réveillèrent. Tout doucement, le père alla s'installer sur le lit. Lui aussi, il attendait.

L'enfant n'avait pas prévu d'avoir du public mais personne ne choisit ses fantômes. En revanche, il avait prévu de viser directement le cœur de l'homme. S'il n'y avait qu'un seul coup à tirer, c'était lui qu'il fallait atteindre.

Faire exploser.

« Qu'attends-tu mon chéri ? » lui dit la mère derrière lui.

Et le père :

« Tire ! »

Il avait tout voulu, maintenant il ne savait plus. Si ses parents étaient les ombres derrière lui ou bien les personnes qui dormaient devant.

Il visait le cœur, la poitrine, la tête. Ses mains tremblaient, mains imbéciles ! Il ne fallait pas se mettre à pisser. S'ils se réveillaient, ce serait foutu.

« Tire ! » répéta le père.

Achever l'homme en premier. Chasser l'imposture.

C'était sûr, devant lui la mort attendait. Le coup partit à son insu. La ferraille lancée des mains de l'enfant atteignit l'homme au thorax.

Par la lucarne, la lune s'amusait à éclairer le visage de la femme sauvage, laquelle s'était soudain redressée.

Elle souriait, évanescente, bêtement réveillée sans un cri, sans une protestation, comme si elle avait attendu cette vision toute sa vie, mourir de la main de son unique enfant.

Elle, elle n'avait jamais eu la force de tuer ses parents.

Du sang coulait le long de ses cuisses. Le cœur de l'homme sauvage se vidait sur elle.

Dans la cabane, il ne restait qu'elle de vivant face à l'impitoyable carabine. Si elle avait su parler français, elle le lui aurait dit : « Fais-le, mon enfant… Mon Pietro, mon petit cœur… Tue-moi. »

Avant qu'elle n'y pense, la seconde explosion retentit. Il avait tiré au hasard, quelque part sur ce corps redressé dans la nuit.

« Je te hais », lui aurait-il dit s'il avait trouvé les mots.

Ensuite, ce ne fut que silence. Même les fantômes étaient partis, les ombres cachées dans le coin, figures aimées qu'il ne reverrait plus.

Sur le sol, l'enfant s'assit, l'arme entre les mains qu'il serrait fort, fatigué parce qu'il n'avait pas dormi, parce que cela avait été trop vite, ou parce que cela lui avait pris trop de temps. Il ne pensait pas pleurer pour eux, pourtant des larmes coulaient, incontrôlables, horrifiantes sur son visage qui ne lui appartenait plus.

Même pas la force de sortir, de s'éloigner du sang, de leur néant.

Deux corps inertes sur le lit. Qu'avait-il fait ? Que fallait-il faire à présent ? Il ne faisait pas encore jour. La lune tremblait dans son voile noir. L'enfant se leva, puis entre la mère et le père de substitution, il se coucha. Chantant pour eux une dernière chanson. Une qu'il n'avait pas entendue depuis la ville et le coffre de la voiture :

Doucement, doucement, doucement s'en va le jour.
Doucement, doucement, doucement, à pas de velours.
Dans le creux des nids, les oiseaux blottis, se sont endormis…

JOUR DE CORRESPONDANCE (ENTRE-DEUX)

Au milieu des publicités et des demandes inopportunes, les mots demeurent sur l'écran, bourrés de fautes d'orthographe et d'atroces vérités. Thibault s'est levé une première fois de sa chaise pour avertir Maëva. Il voulait vérifier avec elle l'authenticité des propos. Il s'est rassis pour relire le mail. Une hallucination de plus pour ne pas fermer l'œil de la nuit. Des hypothèses nouvelles pour perturber le cours de son existence. La petite Julia n'a pas pleuré ce soir. Il n'a pas entendu le moindre cri. Il l'a laissée dans son berceau pour repartir vingt ans en arrière. Il recule. Revient sur ses pas pour se rendre sur les terres du correspondant étranger. Ce ne sont que des mots. Une proposition alléchante qui lui donnerait l'envie de se précipiter à la gare pour sauter dans le premier train. Or, on ne quitte pas sa famille comme ça, à des heures indécentes. Thibault Poittevin ouvre doucement la porte de la chambre de la petite. Elle dort. Pas un bruit. Il marche. Dans l'autre pièce, Maëva dort aussi.

Aucune des deux ne comprendrait l'aventure du train au beau milieu de la nuit.

Resterait l'option de la corbeille pour tout envoyer valser. Pour effacer les preuves d'une telle télécommunication.

Vers quatre heures du matin, Thibault fait son choix. Il retourne à la case départ.

Devant sa tasse de café brûlant, il redevient un enfant. Il n'a encore rien avoué de ses découvertes nocturnes puisque rien n'est vrai, les farfelus ont envahi la toile. Dans le salon, le petit parc à bébé trône. À l'intérieur, des peluches sont placées de façon aléatoire. Un éléphant rose et vert, un poisson argenté, la famille Ours au grand complet, le petit panda aux yeux cerclés de noir, puis des jouets avec des clochettes, avec des lumières, avec des chansons. Au milieu de tout cela, Julia, sur le dos, gazouille. Ses bras n'atteignent pas les rebords, ses pieds moulinent dans le vent, elle est entourée d'amis colorés. Elle cherche le monde. Par chance, le monde est à portée de main. Maman s'approche. Elle sourit. Tout va bien.

Le café est chaud. L'attente est longue. Thibault souffle pour refroidir le contenu de la tasse. Il aurait pu être dans le train. À la place, il examine l'assiette, les tartines de beurre du matin.

« Je crois que j'ai une nouvelle piste, finit-il par dire à haute voix. Je dois partir. »

L'Italie est un voyage. L'étranger l'a prévenu. Inutile de répondre d'une façon identique. Là où il se trouve, aucune possibilité de brancher un téléphone ou un ordinateur. Le bout du monde. Et l'inconnu n'ira nulle part pour une rencontre. Il a fait une exception, une seule, lors d'un déplacement particulier. Du côté de la modernité, il a recherché les coordonnées de Thibault, en France. Elles apparaissaient sur chaque site d'association d'enfants disparus. Une adresse mail a suffi. Il lui a envoyé le message sans se faire passer pour un autre car de toute façon, vu son âge, la prison ne lui fait pas peur. Enfin lui n'a pas fait grand-chose, il n'y connaît rien en informatique. Les ordinateurs, ce n'est pas son univers.

On l'a aidé, on a écrit à sa place les faits qu'il voulait avouer.

Le jeune cachectique à lunettes du cybercafé a tapé l'histoire sur le clavier, pensant que le vieux était cinglé. La faute à l'âge, à la trop grande solitude.

« Eh bah, monsieur… ça ressemble à un crime, votre affaire !

– Pas un crime, lui a répondu le vieillard. Un kidnapping. »

Un enlèvement par amour, voilà. Un acte de paternité. Il n'avait pas su faire autrement à part tout faire pour elle. Il avait arraché la fillette des mains de sa famille pour l'emmener au loin vers les montagnes, pour la dresser, héroïque, sur un piédestal, là où personne ne la verrait comme un objet.

Plus grande, elle avait réclamé un enfant – Paulo le lui avait répété avec ses mots. Il imitait la femme seule, les pleurs et le ventre plat. Cela avait duré des années. Le paysan à son tour se sentait impuissant face au manque, alors un jour il avait démarré la 2CV pour retourner vers la ville où son frère et lui avaient vécu, dans l'autre pays. Il était parti une nuit, il avait roulé avec détermination jusqu'aux ruines. Il ne reviendrait pas les mains vides.

C'était de sa faute, l'éloignement. Pour se faire pardonner, il lui avait amené le compagnon solitaire qui était venu de lui-même jusqu'à sa porte. Il avait répondu à tous ses désirs. En lui proposant plus tard l'enfant sorti d'un coffre, il ne voyait pas où était le mal.

Dans le cybercafé, contre de l'argent, le paysan a dicté au jeune gringalet ses confessions.

Le jeune ne l'a pas cru mais l'adresse indiquait la situation exacte.

Qui viendrait en premier dans la maison noire ? La police ou la famille qui avait patienté vingt ans ?

Le paysan s'en fichait. Il pouvait bien crever chez lui ou en prison. La vérité, la sienne, était rétablie. Même s'il n'avait enterré personne de ses propres mains, il se réconciliait avec Dieu juste à temps.

Quoi d'autre ?

Il avait voulu prouver que sa fille de cœur avait existé maintenant que la maison sous les ronces s'écroulait.

Des remords, peut-être.

Qu'importe. Il s'était promis de faire une bonne action, une dernière, avant de quitter ce monde. Ce n'était pas un homme mauvais, au fond. L'enfant avait peut-être été heureux.

Dans la maison noire, sur la grande table en bois, le paysan a tracé de grands plans sur des papiers froissés. Des croix, des flèches sur un schéma.

De sa manche, il a essuyé les taches de vin qui parsemaient les dessins.

Lorsque Thibault Poittevin tapera à sa porte, ce sera comme ce jour béni où il vit le jeune Paulo dans le champ. Un recommencement. Une apparition. Bien sûr, cette fois, il n'aura plus la force d'aller là-haut, de dire : « C'est ici ta vie. »

C'est pourquoi il note tout, au cas où sa mémoire défaillirait comme ses pieds.

C'est ici ta vie.

Une pile de feuillets A3 abandonnés sur la table en bois raconte l'histoire de Romain Poittevin.

La découverte. L'homme et la femme enterrés. La chute de la falaise.

La couverture, les os brisés.

Le temps que le grand frère saute dans un train pour se déplacer jusqu'aux ronces noires, le diable le saisira par le cou pour lui signifier le mal et les non-dits. Vingt ans.

C'est une vérité qui ne se pardonne pas.

Ivre sur la chaise, seul dans la maison silencieuse, le paysan attend. Il espère que la mort sera pile à l'heure.

Il a laissé sa porte ouverte. Pour faire venir à lui le diable. Et Thibault Poittevin.

ROMAIN

Croire au vertige. Romain n'a pas sauté. Il s'est penché au bord du monde, cherchant l'échappatoire. Autour de la table en bois, le paysan a raconté dans une langue étonnante la découverte. Il y a eu les indices évidents, les tombes, celles des chiens et celles de ses propres enfants, l'homme et la femme. Puis Norka, aveugle, prostrée au-dessus du précipice. Il a suffi de regarder plus bas pour comprendre la chute. L'enfant gisait sur le sommet d'un arbre. Presque suspendu. Flottant au vent.

Thibault Poittevin traverse les buissons. Les épines de part en part s'accrochent au tissu de sa veste, le déchirent. Le paysan doit mourir. Il est vieux. Romain, lui, est mort depuis longtemps.

Dans d'autres circonstances, le lieu serait beau. Grande clairière ensoleillée après l'abondante pluie. Sur les terres imbibées, il répète que le paysan doit mourir, parce qu'il est vieux, que Romain est mort depuis longtemps, que personne n'a pensé à l'enterrer. Une vieille couverture effilochée dissimule le corps, dissimulée elle-même sous des branchages. Au fil du temps, la tombe est devenue végétale. Il y a de la mousse dessus. Des fleurs incrustées. Des colonies de fourmis, des scolopendres. Avec Romain dedans.

C'est un enfant de douze ans.

Les os brisés.

Sur le moment, le paysan l'avait maudit. Sale gamin qui avait osé donner les coups de fusil dans la cabane. Le sang n'avait même pas été nettoyé. Sale gamin… C'est sûr, il n'était pas mort le premier. Le mioche avait d'abord pris le temps de déplacer l'homme et la femme pour les enterrer plus loin que la clairière, du côté du cimetière des chiens massacrés, posant sur les monticules de terre formés les croix créées avec de la ficelle et du bois.

Sale gosse. S'il n'était pas tombé de la falaise, le paysan l'aurait lui-même poussé.

La colère, vous savez, la colère… Il l'aurait tué de ses dix doigts s'il n'était pas mort.

Le paysan avait pris le corps coincé dans les branches. Il était encore vaillant à cette époque. Il avait enroulé le meurtrier dans une couverture sale pour le remonter vers la cabane. Puis, avec ce qu'il lui passait sous la main, une pelle, il avait tapé dessus pour chasser la colère.

La colère, Thibault l'a ressentie en écoutant le ravisseur de Romain s'exprimer avec peine dans la maison noire, plus bas. Si le paysan n'avait pas été si vieux, si fou, si frêle à son arrivée, il lui aurait brisé le cou, il l'aurait étranglé très fort. Mais avant, Thibault voulait vérifier.

Monter là-haut. Soulever la vérité.

Romain n'a pas sauté. Romain n'est pas le bon gamin. Il se trompe de mioche, comme il dit.

Même ce pays n'existe pas. Le train ne l'a pas conduit au bon endroit.

Dans sa veste, il y a une photo. Romain ne ressemble absolument pas à l'intérieur d'une couverture. Aller plus loin. Ou retourner dans la cabane pour voir.

Ou retourner en France pour voir.

Ou retourner dans le noir pour voir.

Ou ne rien voir.

Romain leur a fait des tombes avec ses mains, mais vous savez, s'écrie Thibault face au vent et aux oiseaux, moi, je ne suis pas du genre à creuser.

La colère, la colère.

Parce qu'il n'est pas coincé sous une croix, le petit frère a eu la possibilité de s'échapper. Grâce au soleil. Grâce à la pluie. Grâce au vent. La tête lui tourne. Thibault ne veut rien croire. Or, sur la photo, Romain lui sourit. Ils se sont retrouvés, même vingt ans après.

Il aurait dû appeler la police. Demander des relevés, des tonnes de prélèvements, des comparaisons d'ADN. Romain n'est pas Romain. Lui, c'est Pietro, un autre.

Il pourrait encore passer vingt ans à le chercher.

Puisque rien n'est fini, Thibault Poittevin court sur les lieux où son frère a marché. Tout à l'heure, quand il sera de retour, il préviendra les autorités. Il décrira la maison noire. Le paysan. La montagne, les kilomètres. Il leur dira : « Mon frère est ici. Venez voir. J'ai besoin de vos certitudes. »

Au préalable, il veut profiter des retrouvailles. Près

d'un chêne ancestral, Thibault Poittevin s'assoit. S'il courait encore, il ne pourrait pas comprendre les prières des témoins aux alentours. Les remarques du ciel, des feuilles, des écorces, des petites bêtes immortelles, des pierres, des morceaux de bois, des nuages. Des murmures incessants qui lui font regretter d'avoir parcouru d'autres territoires. Pendant qu'il cherchait à côté, le frère attendait ici. Personne n'a pensé à l'Italie. C'est pourtant à peu près le même paysage. L'exotisme n'est pas flagrant.

À quelques mètres du vieux chêne, des craquements se font entendre.

Le lichen se déploie. L'enfant apparaît. Un chien le suit.

Romain s'approche, il vient dire à son grand frère installé sous le grand arbre :

« Ne t'en fais pas. Je suis là. »

Il s'assoit à son tour. Le chien, lui, joue devant eux, au milieu des brindilles.

Sur le front, la cicatrice n'a pas disparu. Thibault le reconnaît.

« Pardonne-moi, petit bout d'homme. Je t'ai tant cherché pour rien. »

Romain ne répond pas. Il connaît sa souffrance. Sa main se glisse dans celle de Thibault. La sensation est inhabituelle. Sa main est faite d'écorces et de blessures.

Surpris par tant d'épaisseur, le grand frère, inquiet, demande :

« T'ont-ils bien traité au moins ? »

Romain ne répond toujours rien.

Il désigne du doigt l'animal devant lui.

« C'est elle qui m'a sauvé… finit-il par expliquer. C'est Norka, la chienne guerrière… T'as vu comme elle est belle ?

– C'est moi qui aurais dû te sauver, regrette Thibault.

– C'est elle qui m'a sauvé, reprend Romain. Elle m'a raconté chaque jour les histoires que tu me lisais… Tu te souviens, Thibault, quand tu me parlais de l'Alaska, que tu me disais qu'on irait là-bas un jour toi et moi ? Les frères Poittevin… Ça me faisait rire. Je riais tellement fort que maman venait nous voir. Vous faites quoi les enfants ? disait-elle en ouvrant la porte de la chambre. Tu lui répondais : Rien, rien, je ne comprends pas, je lui lis l'encyclopédie, et ça le fait marrer… Papa aussi venait souvent, avec son appareil photo. Le petit oiseau va sortir… Tu te souviens ? Oh, moi, j'y croyais… Je fixais la chose et j'attendais qu'une cage s'ouvre, je guettais l'envol du moineau au milieu de ma chambre. Comme ce jour où j'ai voulu manger la pluie, j'étais heureux, mais le mur ne m'a pas prévenu à temps. Il m'a tapé dans le front. Un grand coup sur la tête ! Mais toi, tu étais là. Tu m'as parlé des guerres et des batailles du monde. Tu m'as dit : Romain, si tu te voyais, tu ressembles à un pirate avec ton bandage ! Ce n'était pas mon œil que j'avais perdu, rien de grave. J'avais juste une sacrée tête d'estropié. On a ri tous les deux quand je me suis vu dans le miroir. Papa nous a pris en photo. Et maman se demandait encore ce qui nous faisait nous marrer pour rien. »

L'écorce sur la peau se propage. Bientôt il sera trop tard. L'avant-bras se fige.

Il devient écorce.

Jeune chêne.

Thibault serre plus fort la main de son frère. Il ne veut pas le perdre. Il voudrait se végétaliser avec lui, ne plus le quitter.

Il le retient, le supplie. Le visage de Romain reste celui d'un enfant mais, tout autour, des branches poussent. Des ramifications se forment. Ses pieds sont des racines, elles s'implantent dans la terre pour se mêler à celles des grands chênes.

Romain a trouvé son engrais, et il pousse, pousse.

Avant qu'il ne se lie définitivement à la végétation, avant qu'il n'accueille les oiseaux et divers autres habitants des bois, le petit frère sourit et tend l'oreille.

Thibault lui annonce un secret. Il prend la parole une dernière fois et lui dit :

« Je suis devenu papa.

Ta vie s'est arrêtée à douze ans. Or, les nôtres ont continué. Il y a Julia désormais, la petite fille à qui je chanterai toutes les mélodies du monde. Ici ou ailleurs, nous serons des hommes.

Toi, tu es plus que ça. Tu deviens un arbre. Un géant sur la montagne. »

Achevé d'imprimer sur les presses de CPI en avril 2022 - N° d'imprimeur : 2063757
Dépôt légal : août 2022 ISBN 978-2-84742-488-1 Imprimé en France